快刀乱麻

天下御免の信十郎1

幡　大介

時代小説
二見時代小説文庫

快刀乱麻——天下御免の信十郎1

目次

第一章　火の国よりきたる

一

元和《げんな》八年（一六二二）三月――。

淀橋台《よどばしだい》の貝塚宿《かいづかしゅく》から、白亜の櫓《やぐら》を連ねた千代田の城と江戸の町並みが遠望できた。

春である。野に陽炎《かげろう》が立っている。ジリジリと陽差しが照りつけてくる。日比谷、前島《まえじま》から立つ陽炎は、そのまま江戸の人いきれでもあった。町全体から温気《うんき》がムンムンと膨《ふく》れ上がってくる。若く、活気のある町だ。

武蔵国《むさしのくに》、豊嶋郡《としまぐん》、江戸庄《えどノしょう》。

徳川家康の「江戸入り」より三十二年。徳川家による江戸普請と、三度の天下普請を経て、今や日本一の都邑《とゆう》になろうとしていた。町全体から響きわたる槌音《つちおと》と、人々がたてる喧騒が、そのまま徳川家の隆盛を物語っていた。

淀橋台に二人の旅人が立った。

なんとも不思議な二人連れである。一人は武家、もう一人は旅芸人の格好だ。身分違いではあろうが、なんとも馴れきった親しさがある。先になり、後になり、じゃれ合う二匹の小犬のように歩いてきた。

「これは。見事な眺めだな」

二人連れの片われが、ツッと片手を笠に伸ばして呟《つぶや》いた。若やいだ声音《こわね》である。屈託《くったく》もなく白い歯を見せて微笑んでいた。

歳の頃は二十代の半ば。スラリと伸びた背は六尺（約一八二センチ）に近い。手足の長い均整の取れた身体つきだ。キリッとした彫りの深い顔だちで、澄んだ目元が涼やかだ。肌は褐色に焼けているが、もともとは色白の質《たち》であろう。

赤漆の塗笠《ぬりがさ》に褐色《かちいろ》の小袖。黒革の袖無し羽織を着けている。下半身は旅塵にまみれた山袴。革足袋に草鞋《わらじ》履き。

腰には黒塗り鞘の打刀《うちがたな》、揃いの小刀を差している。大刀は筑前《ちくぜん》の刀工、金剛盛高《こんごうもりたか》。鞘長二尺六寸（約七九センチ）の大業物《おおわざもの》だ。柄《つか》は八寸（約二四センチ）でこれもまた長い。白鮫皮《しろさめがわ》に黒革を菱《ひし》に巻いている。黒金《くろがね》の鐔《つば》が鈍く光っていた。

その長い柄に左の腕をチョイと載せ、春風駘蕩《しゅんぷうたいとう》たる風情で歩いている。急ぐ旅でもないのであろう、まさに野に立つ陽炎のごとき行歩《ぎょうぶ》であった。

「あれが江戸城か」

彼方に見える櫓を指《さ》して訊《たず》ねる。彼の半歩後ろを歩いていた旅芸人が「へえ」と答えた。

こちらは茶色の頭巾《ずきん》を被り、薄汚れた鈴懸《すずかけ》を着け、腰の後ろに熊皮の引敷《ひきしき》を巻いている。結袈裟《ゆいげさ》と兜巾《ときん》をつければそのまま山伏の格好だ。背中には大きな笈《おい》を背負っている。よくよく見れば若侍と同じ年格好であるが、色も黒く、実年齢より十歳は老けて見えている。難渋そうな顔つきで眉根をハの字によじらせ、下唇を突き出していた。

背丈は若侍と同じくらい。だが、重そうな荷を背負い、蜘蛛《クモ》が這うように身を低く構えているので、彼の頭は若侍の肩よりずっと下にあった。

若侍が両腕を、褐色の袖を大きく広げた。

「見ろ！　これが江戸だ。なんとも、なんとも、素晴らしい眺めじゃあないか」

まるで自分が作った町であるかのように胸を張り、惚れ惚れとして眺めている。

長々と旅してきて、ようやく目的地に着いたのだから嬉しいのも道理だが、しかし、芸人は「チッ」と舌打ちした。

若侍の耳がピクッと動いた。クルリと首をよじって振り返ると、不思議そうな表情で芸人の顔を見つめた。

「どうした鬼蜘蛛《おにぐも》。先ほどまでは、あれほど元気であったのに。……茶店で喰った蕎《そ》麦《ば》がきが当たったか」

「そんなんじゃ、あらしません」

鬼蜘蛛——というのが旅芸人の芸名である。不気味な名であるが芸人の世界では珍しくもない。能楽の大成者である世阿弥《ぜあみ》からして『鬼夜叉《おにやしゃ》』だ。手足の長いこの若者には、むしろ似合いの呼び名であった。

「あれは徳川の城、徳川の町ですがな。わしらにとっては敵《かたき》の城、敵の町やないか」

すると若侍は、なんとも困ったような顔つきで苦笑を浮かべた。

「敵となぁ。大仰《おおぎょう》なことを口にする」

両腕を袖口に入れ、ふたたび江戸を遠望する。海から吹き上がってきた風が若侍の鬢《びん》を撫でていく。袴の裾がバタバタと鳴った。

「俺には、実感がまるでないなぁ」

「そりゃ、お前様はまだ、幼子《おさなご》だったから」

「俺は山で育った。俺を育てたのは山だ。お前たち山の者だ。……徳川に山を焼かれ、山の者を殺されでもすれば、それは、敵と思うであろうがなぁ」

「お前様が山で育てられたのは、山にしか、行き場がなかったからですやろ。それもこれも徳川が――」

「鬼蜘蛛」

若侍は、鬼蜘蛛にまっすぐな視線を向けた。

「戦乱のたびに、山には逃散者《ちょうさんもの》が逃れてきたな。俺のような者や、お前のような、焼け出された孤児たちだ。そうだろ？」

「お山は誰にでも開かれておりますからな」

「そうだ。しかし、徳川の御世《みよ》になってからはどうだ？　誰か、お山に逃れてきた者があったか？　せいぜい罪人ぐらいのものであろう」

「それは、そうですな」

「もはや戦《いくさ》はなくなったのだ。俺やお前のような子供は一人もおらぬ。それもこれも、徳川殿がガッチリと世を治めてくれておるからだ」

「そやから、なんですねん？」

「俺は、俺やお前のような子供を出さぬためにも、徳川を支えていかねばならん、と、そう思っておるのだ」

鬼蜘蛛の眉根がますます醜く歪んだ。下唇が飛び出してきた。

「ほんとうに、そんな気持ちでおるんかいな」

すると、若侍は、急に照れたように首筋を掻いた。

「いや、これは、亡き浄地院《じょうちいん》様が仰《おっしゃ》っていたことさ」

「清正公《せいしょうこう》がでっか」

若侍は、遠い目を地平に向けた。

「浄地院様は、俺に修羅《しゅら》の道を歩ませたくなかったのだ……と思う。さらには、この俺が原因となって、世が乱れるのを厭《いと》うたのであろうな」

鬼蜘蛛は鼻毛でも抜くような顔つきで聞き流した。

「そんなもんですかいなァ。……で、お前様ご本人は、どう心得ておりますのや」

「俺？」

「そう。清正公ではなく、お前様のご本心」

「わからん」

若侍は、なにやらすこぶる愉しそうに微笑した。

「俺にも、さっぱりわからん」

と、そのとき。

鬼蜘蛛の背筋に、なにゆえか突然、氷のような寒けが鋭く走り抜けた。

目の前の若者は、いざとなれば、このような微笑を浮かべたまま、江戸の町を火の海にするのではあるまいか。何万とも知れぬ徳川軍が業火に焼かれるのを眺めつつ、今のように優美に笑っているのではないか。と、そんな予感に囚《とら》われたのだ。

炎を前に微笑む若者。そんな幻像が、鬼蜘蛛の脳裏に広がっていく。

――これはなんや。

鬼蜘蛛は首をブンブンと振った。

――わしは、いったい何を見とるんや。このお人は、そない無残なことができるお人やないで。

「信十郎様《しんじゅうろう》」

鬼蜘蛛が呼びかけると、今度は若侍――波芝《なみしば》信十郎が唇をへの字に押し曲げた。

「様をつけるのはやめろ」

「やめろ。と申されても」

鬼蜘蛛は自分の姿と信十郎の姿を交互に見た。

「芸人風情が、お武家姿のお前様を呼び捨てにしたら怪しまれるがな。江戸は目と鼻の先やで。徳川の番衆の目が、どこで光っておるかわからんのやで」

「それはそうだが」

それならば——と、腰から大小を抜き、武家の装束《しょうぞく》を改めかねない信十郎を、鬼蜘蛛は早手回しに押しとどめた。

「ダメでっせ。お前様は仮にも清正公のご猶子《ゆうし》（養子）。旅のあいだは武士として振る舞うこと。大長老様とのお約束ですがな」

「それも、そうだ」

口で勝てる相手ではない。信十郎は諦めたように首を振った。それからまた、無邪気な表情に戻って、江戸の城下を見やった。

「もっと高い所から、あの城を眺めたいな」

「無理を言わはる。お城の天守閣より高い所がありますかいな」

「なるほど。天守閣か……」

鬼蜘蛛は内心『あッ、しまった』と思って、信十郎の袖を引いた。

「江戸城の天守閣に登ろうなどとは、ゆめゆめ、思うてはなりまへんで」

「どうして」

「命がいくつあっても足りやしまへんがな！　甲賀《こうが》者、伊賀《いが》者、根来《ねごろ》衆、今や日本じゅうの忍び衆が、あの城を護《まも》っているんでっせ」

「そうか。……しかし、登りたいな。ああ、登りたい」

フラッと、信十郎の身体が揺れた。と思ったときにはもう、全速力で走りだしていた。山の手から甲州道中まで一本道の下り坂だ。信十郎の足は、飛ぶ鳥のように速かった。

「ちょ、待ちなはれ」

慌てて鬼蜘蛛も走りだす。こんな走り方をしたら人目につく。そう思ったが、もう、とめようがなくなっていた。

二

「む……」

突然、信十郎の足がとまった。

「なんですねん」

なにげなく声をかけて、鬼蜘蛛はギョッと背筋をこわばらせた。

甲州道中を盛大な行列が進んでいく。江戸から京へ献上される供物《くもつ》であろう。白木の札が高々と掲げられていた。

荷物とはいえ、荷車で引くような下賤な真似はしない。塗籠《ぬりごめ》の輿《こし》に乗せてゆるゆると進む。無数の長持、唐櫃《からびつ》など、供物のすべてに金箔の紋が輝いている。よほど高貴なお方《かた》への献上品であろうと思われた。

信十郎と鬼蜘蛛は行列を避けて田の畦《あぜ》に入った。用心をして一町（約一〇九メートル）ばかり距離を取った。

「あれは、なんのお行列であろうな」

信十郎が呟くと、鬼蜘蛛は呆れたように顔をしかめた。

「紋を見ればわかりますやろ。和子中宮《かずこちゆうぐう》へのお供物でんがな」

「ほう」

和子中宮は徳川秀忠《とくがわひでただ》の娘である。元和五年（一六一九）に皇室に入内《じゆだい》した。相手は後水尾《ごみずのお》天皇である。

天皇家への入内――すなわち天皇家の外戚《がいせき》となること、は、家康・秀忠の二代にわたる徳川家の悲願であった。

古《いにしえ》より天皇家には、蘇我家、藤原家、平家など、その時代ごとの権力者が娘を入内させてきた。我が家は天皇家の外戚である——という名目を盾に取り、朝廷政治を牛耳《ぎゅうじ》ってきたのだ。

それと同じ政策を徳川家が推進している。和子の入内は、今後は徳川が朝廷を先導するのだ、という政治宣言であった。公武合体《こうぶがったい》で万事めでたく、日本は丸く治まるはずであった。

ところが。実際にはこの入内、天皇家と徳川家の激しい暗闘の原因となってしまった。現在もその暗闘は継続中である。

なんとしても和子中宮に次代の帝《みかど》を生ませ、外戚として天皇家を恣《ほしいまま》にし、やがては天皇家そのものを乗っ取らんと謀《はか》る徳川と、そうはさせじと踏ん張る公家《くげ》たちとのあいだで、世人には見えない鍔《つば》迫《ぜ》り合いが繰り広げられていた。鬼蜘蛛が信十郎の無知に呆れたのは、そういう理由からだった。

一方。信十郎の視線は、供物ではなく、それらを担《かつ》ぐ者たちに注がれていた。

腰つき、足の運びが尋常ではない。警護の者たちはそれに輪をかけて異様であった。公家の青侍《あおざむらい》とも思えぬ、一種異様な、殺気さえ感じさせる行列であったのだ。

「あれらは……、お小人同心《こびとどうしん》でんな」

「お小人？　なんだ、それは」

「もともとは武田の小人頭《こびとがしら》に仕えておった甲斐《かい》の地侍や。そのあと、大久保長安《おおくぼながやす》の配下となった。大久保長安の元の名は大蔵藤十郎《おおくらとうじゅうろう》、甲斐の金山奉行の息子や」

「大蔵の名は知っておる。大和の申樂師《さるがくし》だった男だな」

「そうや。わしらの身内や。もっとも長安は、味方にするのも躊躇《ためら》われるような、恐ろしい男だったらしいですがな。その長安が江戸から甲府の道中にかけて配置したのがお小人や。目付配下の小人目付《こびとめつけ》、八王子千人同心《はちおうじせんにんどうしん》、そして甲州道中の勤番衆……」

「なんとまぁ、恐ろしい所を歩いてきたものだな」

まさに二人が旅をしてきた道である。二人がわずかでも隙を見せ、正体を見抜かれるようなことがあれば、たちまちのうちに膾《なます》に裂かれていたであろう。

小人とは小者《こもの》の別名であり、通常は武家屋敷で下働きをする下人《げにん》のことを指すのだが、甲州お小人だけは別格で、甲州道中や日光を守る機動部隊として組織されていたようだ。

「けどな。その長安も死んでしもうた。長安の子らも殺された。服部半蔵《はっとりはんぞう》家の正就《まさなり》は長安の娘を嫁にもろうておったのやけど――」

「つづきの話はあとで聞こう」

信十郎はおしゃべり好きな鬼蜘蛛の口を封じ、ふたたび荷の列に意識を向けた。

ひときわ目立つ偉丈夫《いじょうぶ》がいる。否、偉丈夫といってよいものかどうか。見た目はだらしなく肥えた、小柄な中年男である。しかも商人の姿。無腰で行列の脇を歩いていた。

白髪の混じった薄い髷《まげ》が貧相だ。丸い頭の丸い顔。細い目は常に笑みをたたえている。が、眼光が炯々《けいけい》として鋭い。行列の宰領人《さいりょうにん》であろうか。

信十郎は、ふらりと天空を仰いだ。江戸の町から立ちのぼる温気が凝《こ》って、薄黒い雨雲へと変じていた。夕立の前兆らしき湿った風まで吹きつけてきた。

「ひと雨くるかな」

「来そうですな」

二人は行列をやりすごし、遠くに去るまで見送った。街道に戻ろうとして、ふと、足をとめた。それからなにげなく、『かまり』の態勢に入った。

息を殺し、意識を殺し、我と我が身を石や立ち木と同化させる。すると不思議なことに、その姿は人の目に映らなくなる。まさに路傍の石のごとく、風景の一部と化すのであった。お山の忍びの者として、幼き頃から叩き込まれた技能である。二人がひとたび『かまり』に入ると、臆病な野生の鹿でさえ気づかずに、目の前を通りすぎていくことがあった。

なぜ『かまり』に入ったのか、本人たちにもわからない。が、やがて、その答えが向こうからやってきた。

黒い旋風のような一団が、まさに風を巻くようにして走ってくる。足音はまったく聞こえない。土埃ひとつ立てなかった。足の裏が地に触れていないかのような走りであった。

——忍びの者だ……。

チラリ、と、信十郎は思った。途端に、一団がビクッと足をとめた。信十郎の心の揺らぎを感じ取ったのだ。

信十郎は意識をひそめて石に戻る。忍びたちはしばらく周囲を見回し、小首をひねっていたが、ふたたび速度をあげて走りだした。

その一団の中に、一人だけ、異質な者が混じっていた。白絹の小袖に緋色の袴を着けている。宮廷に仕える官女の姿だ。まだうら若い娘であった。

小袖の胸元がふっくらと柔らかそうに盛り上がっている。襟から覗いた細い首筋が美しい。白磁のような餅肌で、顔の輪郭は瓜実《うりざね》形。切れ長の双眸。鼻筋も細く通っている。化粧気のない美貌だが、朱を塗った唇だけが鮮烈な色香を漂わせていた。

娘は、チラリとこちらに視線を向けた。しっかりと、信十郎の目を射抜いた。

そして、緋色の裳裾《もすそ》をなびかせながら走り去った。裾から覗いた白い足袋《たび》が、やけに鮮やかに信十郎の視界に残された。

信十郎と鬼蜘蛛は、『かまり』を抜けて立ち上がった。

「気づかれたな」

「気づかれましたなぁ」

「しかし……」

なぜ、こちらをしっかりと見据えたのか。二人の『かまり』を見破るほどの術者なら、気づかぬ素振りで立ち去ることもできたはずだ。見抜いたことを仄《ほの》めかせれば、当然、信十郎たちは警戒する。あれほどの術者なら、犯すはずのない失態だった。

信十郎は顎を撫でた。

――俺は、あの娘を知っている……。

どこで会ったものやら、まったく思い出せないが。

あの娘も、信十郎を見知っていたのではあるまいか。

鬼蜘蛛は背中の笈を背負い直した。

「で、どないします？」

「追うぞ」

「やっぱり」

二人は即座に走りだした。

三

野分《のわき》のごとくに地を駈ける。古の歌人、藤原良経《ふじわらよしつね》が『草から月が昇る』と歌った武蔵野の原野だ。どこまで走っても延々と葦原がつづくばかり。無論、献上品のお行列はとっくに追い越している。信十郎らはあくまでも、緋色の袴の頭目と、忍びの群れを追っていた。

分厚い雨雲が天空に低く垂れ込めてきた。葦の葉が風にそよぎ、ガサガサと不気味な音を立てる。天上から雷鳴が轟《とどろ》いてきた。

――そろそろだな。

信十郎は葦の葉陰に身をひそめた。ほぼ三町（約三三〇メートル）の距離を隔てて、忍びの一団が陣を布《し》いている。湿地の中で半円状に広がり、それぞれに息を殺して、行列がさしかかるのを待っていた。

信十郎は首を伸ばして西の空を見た。天から鼠色の膜が降りてくる。驟雨《しゅうう》である。

雨が幾本もの筋となり、風にたなびく几帳《きちょう》のように揺らめきながら迫ってきた。

　この地は間もなく豪雨に包まれるであろう。そこへ供物の行列が突っ込んでくる。警護の者たちは混乱をきたすに違いない。その混乱こそが忍びの群れの狙いなのだ。

　葦の葉が揺れて鬼蜘蛛が戻ってきた。

「なんとも無様《ぶざま》な連中でんな。気配を絶つことすら、でけしませんのや」

　どこの草むらに隠れているのか一目瞭然。乱れた呼吸や、高鳴る鼓動まで聞こえてきそうだ。未熟な者どもである。

「あれが徳川の忍びでっか」

「徳川の者に、和子中宮の供物を襲う理由があるとは思えぬが……」

「では、いずこの」

「見当つかぬ」

　信十郎は塗笠を脱いで傍《かたわ》らに置いた。

「我らは大和の山忍びぞ。あいつらが誰であったとしても、宮中へ向かうお行列に汚《けが》れた手を触れさせるわけにはいかぬ」

　鬼蜘蛛は、パッと顔色を変えた。

「そうや。信十郎様の言うとおりや。あのガキども、目にもの見せたらんといかん」

大和にあって飛鳥古京の昔より朝廷を守護してきた忍び衆。その矜持《きようじ》が鬼蜘蛛の胸に滾《たぎ》っている。勇躍、手足を蠢《うごめ》かせると、草むらの中に消えて行った。

「だから『様』はやめろと申すに」

信十郎が忍び音声《おんじよう》で囁《ささや》いたが、もう、聞きとれる範囲を越えていた。

信十郎はふたたび忍びの数を数えた。やはり、一人分足りない。

──消えたのは、あの娘だな……。

白い小袖と緋色の袴が脳裏に眩《まぶ》しく蘇《よみがえ》った。

行列の足音が聞こえてきた。宿場などでは美々しく隊列を整え、偉容を払って進む行列も、街道筋ではてんで勝手に歩いている。むしろだらけきった姿であった。

そこへ、突然の雨が襲いかかってきた。青侍たちは慌てふためいて、なにやら声高に命令した。従者たちは──警護のお小人同心たちも含めて混乱した。蠟引《ろうび》きの布地を広げて荷に被せる。大事な供物を濡らしてはならぬ。ただそれだけに意識をとられていた。

そのとき。

「ぐわっ！」

馬上にあった青侍が呻《うめ》いた。胸には矢が深々と刺さっていた。

青侍はドオッと落馬した。それでも周囲の者たちは、何が起こったのか咄嗟《とっさ》には理解できない気配であった。

つづけざまに何本もの矢が飛んできた。荷駄に取りついていた者どもの背中や首に突き刺さる。

「敵襲！」

ようやくに宰領人の声が飛んだ。あの、丸々と肥えた商人である。青侍が乗っていた馬に腕を伸ばすと、意外な身軽さで鞍に跨《また》がった。

「ご一同様！　御敵到来《おんてきとうらい》にござーる！」

なにやらすこし、間の抜けた声音で叫んだ。

襲撃者たちが四方八方の草むらから飛び出して、白刃《はくじん》をきらめかせつつ殺到してきた。

お小人同心たちが慌てて刀を引き抜いた。即座に斬り合いが始まる。お小人同心たちとて、もとを糺《ただ》せばれっきとした甲州武士。戦国の世にその名を馳せた武田の強兵だ。

が、その活躍も過去のこと。世代も替わり、今や幕府の下級役人。突然の事態に慌てふためいている。ほとんど為《な》す術《すべ》もなく、斬り倒されていった。

宰領人の商人は、巧みな手綱捌《さば》きで馬を回している。これで馬上槍でもあれば敵兵の一人や二人、串刺しにできたであろうが、小太刀一つも持たぬ身ではいかんともしがたい。逃げ出さないのが、まだしもであった。

信十郎は——、敵の忍びが残らず飛び出し、闘争に参加するのを待っていた。やがてフラリと『かまり』を解くと、即座に跳ね起き、脱兎のごとくに走り出た。

荷駄の列へと突進しながら、鋭く気合の声を放った。

「きえええええいいッッ!!」

ビリビリと闘気が大気を切り裂いた。野獣のごとき殺意を放って敵の気勢を削《そ》ぐ。柳生新陰流《やぎゅうしんかげりゅう》なら『唱歌《しょうが》』と呼ばれる気合であろう。無論、信十郎に新陰流の知識などない。流派の枠を越えて『この場ならこうする』という、同じ結論に達したまでだ。

忍びたちが一斉に振り向いた。信十郎の突進に気づき、慌てて態勢を変えた。その動揺が隙を産む。すかさず斬り込んだ甲州武士に二人の忍びが斬り倒された。

信十郎のもっとも近場にいた忍び二人が、身を翻《ひるがえ》して迫ってきた。

忍び二人は前傾になって走ってくる。左右の足が一直線に揃っていた。忍びならではの行歩である。次にどう踏み出すのか予想がつかない。

　さらには二つの影が重なった。なかなかの手練《てだれ》だ。前の一人が上段に、背後の一人が下段に構えた。

　信十郎はむしろ、走りの速度を上げた。敵の間合いに突進する。これには忍びが意表を衝《つ》かれた。慌てて切っ先を上段に振り上げた。

　掛け声もなく斬りつけてくる。とっくに間合いを踏み越えている。信十郎の肩口は、忍びの刀の真下にあった。

　その瞬間。

　信十郎の腰が撓《しな》った。八寸の長柄が引き抜かれ、青黒く光る刀身を走らせる。入り身になった信十郎の半身が、忍びの両腕——振り下ろされた刃の下をすり抜けた。

　ヒュンッと刀身が鳴った。信十郎の腕はまっすぐ前に伸ばされている。金剛盛高、二尺六寸の長刀。反りが深く鎬《しのぎ》の太い剛剣が一直線に突き出された。切っ先から血《ち》飛沫《しぶき》が飛んだ。

　直後、腹を斜めに切り広げられた忍びの者が、崩れるように転がった。

　林崎神明夢想流《はやしざきしんめいむそう》。

　出羽《でわ》の住人、林崎甚助重信《じんすけしげのぶ》が編み出したる居合術。肥後加藤家の誇るお家流だ。一瞬の抜刀とともに敵を断つ。一刀のもとに絶命せしめる。日本国のみならず、海の彼方にまで勇名を轟かせたる殺人剣。文禄慶長《ぶんろくけいちょう》の役《えき》においては、明国・朝鮮の兵に対して常勝不敗を誇った必殺剣であった。

「おのれッ！」

朋輩《ほうばい》の死に度《ど》を失ったもう片方の忍びが、下段から鋭く斬り上げてきた。

しかし、信十郎めがけて突き出されたはずの両腕は虚しく空振りし、その直後、二の腕から先を斬り落とされた。左右の手首は刀を握ったまま飛んで行く。手首の先から、真っ赤な血潮が噴き出してきた。

信十郎はクルリと体《たい》を返すと、

「ダーッ！」

気合一閃、忍びの首筋を斬り飛ばした。

両手を失い、首を裂かれた肉体は、黒いコマのごとくに回転した。そしてその場に倒れ伏す。この間、瞬くほどの時間である。信十郎の太刀が三度きらめいて、二名の忍びが絶命した。

襲撃を仕掛けた忍びたちも、行列を護るお小人同心も、あまりに壮絶な手業《てわざ》に呆然と見入っていた。ただ雨だけが容赦なく降りそそいできた。

信十郎は血塗られた太刀を肩にかついだ。その姿で突進を開始する。戦国往来の古武術だ。八相《はっそう》の利剣《りけん》を振り下ろし、向かってきた忍びを一刀のもとに斬り捨てた。

ワアッと、喚声があがった。時間が突然、動きはじめたかのようだ。行列の周辺で盛んに刀を合わせる金属音と、絶叫が無数に谺《こだま》した。

鬼蜘蛛も闘争に加わった。人足たちを護りつつ、敵の忍びと渡り合う。

長い猿臂《えんぴ》を撓らせて、クナイを敵に投げつける。いったいどこに隠しているのか、袖口から何本でも飛び出してきた。ときにはクナイで敵の剣を受けとめ、短刀のごとく斬り込むこともあった。

こうなれば俄然《がぜん》、行列側の優位である。お小人同心らも動揺が収まり、甲州武士らしく秩序だった隊列を組み直した。

一方、忍びたちは、思いもよらぬ伏兵にあって混乱をきたしはじめていた。奇襲をかけたつもりが奇襲にあってしまったのだ。こうなれば忍びは計算が早い。意地などには拘《こだわ》らない。ジリジリと後退しながら退《の》き口を探りはじめた。

信十郎は視線を周囲に走らせた。

――あの娘が、どこかで見ているはずだ。

この闘争を見届けているはずである。女だから戦いに参加しないのではない。かの娘が最強の者であることを信十郎は見抜いている。あるいは奥の手を隠しているかもしれず、いずれ放置しておくことはできなかった。

――いた。

街道を見下ろす塚の上で、緋色の袴がなびいていた。雨に黒髪を打たせたままの姿で、じっとこちらを見据えていた。

信十郎の傍らを一頭の空馬《からうま》が横切った。信十郎は馬を引き寄せて飛び乗る。馬首を巡らせ馬腹を蹴った。

一直線に斜面を駆け上がる。官女姿の女忍者に突進した。

娘は涼やかな双眸で信十郎を見つめていた。なんの表情もない。顔だちが人形のように整っている。朱で塗られた唇と目尻だけが、雨の中でも鮮やかだ。

信十郎は鞍から飛んだ。艶光りする黒髪の、露の滴《したた》る頭頂部に斬りつけた。

ブワッと、白絹の袖が広がった。娘は蝶のように飛んだ。真後ろに、信十郎を見据えたまま。一瞬、赤い唇が不機嫌そうにへの字に曲がった。黒目がちの両目に静かな怒りが浮かび上がった。

信十郎の剣は宙を斬る。地べたにつくほど沈んだ切っ先が、残像を遺して跳ね上がった。逆袈裟《ぎゃくげさ》の斬り上げを見舞う。しかし、またしても届かない。娘は背後にポンッと飛ぶ。緋色の裾と、白足袋を履いた雪駄《せった》の足だけが視界に残った。

信十郎と娘は、二間ほどの距離を隔てて睨《にら》み合った。

「愚か者」

娘の唇がぽつりと動いた。表情はほとんど変わらない。殺意を含んだ低い声音だ。

蝶の羽根のように広がっていた袖口が、左右同時に信十郎に向けられた。袖口から、銀色の光鋩《こうぼう》が飛来してきた。

今度は信十郎が真横に飛んだ。蝶のように華麗な姿で、とはいかない。泥水を跳ねて転がった。

信十郎が立っていた場所に十数本もの銀針が突き刺さった。竹串の大きさで、先端は鋭く、毒が塗られている。同時に飛来するすべての針を刀で受けたり、打ち払うことは不可能だ。

再度、攻撃が来た。辛《から》くも逃れる。雨で湿り、よく滑る夏草の上を信十郎は転げ回った。

「とどめ」

娘がぽつりと呟いた。なにやら急に、つまらなそうな顔をした。

袖口から、最後の針が噴き出してきた。信十郎は片手を翳《かざ》し、せめておのれの袖口で針を防がんとする——ような仕種《しぐさ》を見せた。もっとも、着物の布地で防ぐことができるような武器ではない。無駄な足掻《あが》きと思われた。

だが。

その瞬間、娘の目の前に、黒くて大きな何かが広がった。

「あッ!」

娘は、微かに動揺した。黒い何かに毒針のすべてが吸い込まれた。

それは黒革の袖無し羽織であった。信十郎は転がりながら羽織を脱いで、針を防ぐ幔幕として使ったのだ。生地は頑丈な牛革である。針はブスブスと刺さったが、突き抜けることはできなかった。そして——。

広がった羽織の後ろから、金剛盛高が突き出されてきた。

娘は咄嗟に懐剣で受けた。鞘を払う余裕などない。鞘ごと剛剣を受け止める。バキッと鞘が砕け散った。娘は真後ろに転がった。今度は蝶のように、とはいかない。無様に尻餅をついた格好だ。

小袖と袴を汚した姿に、信十郎が破顔する。

「やぁ、これでおあいこだ」

娘の眉間にカッと怒気が兆《きざ》した。真っ白な下肢が蹴り出されてくる。信十郎は慌てて避けた。白足袋と雪駄が目の前をかすめる。緋色の袴からふくら脛《はぎ》が、つづいて太腿の半ばまでもが露出した。

　白い絹のような肌だ。思いもよらぬ艶かしい光景だが、眺めている余裕はない。女の体術とは思えぬ鋭さだ。顎など軽く蹴り砕かれてしまうだろう。

　信十郎はグルリと身体を一回転させると、体勢を立て直し、ふたたび刀で斬りつけた。娘はふたたび懐剣で受けたが、打ち込みの衝撃を支えることはできなかった。ほっそりとした指から柄がもぎ取られる。懐剣は地べたに叩き落とされた。

「くっ！」

　娘は最後の跳躍を見せた。

「オッ⁉」

　さしもの信十郎も唖然とした。娘は信十郎の頭上を飛び越え、彼が跨ってきた空馬にすがって飛び乗った。

　すかさず駈けだす。信十郎の脚力をもってしても、馬に追いつくことはできない。娘の背中がみるみる遠ざかっていく。信十郎は呆然としたまま、娘の姿を見送った。

「信十郎！　あ、いや、信十郎様、大事ないか」

　鬼蜘蛛が駆け寄ってきた。行列を襲った忍びたちも、残らず討たれるか逃げるかしたようだ。

お小人同心や青侍、人足らの被害も大きかったが、まずまずの勝利だと言えた。

信十郎は娘の懐剣を拾った。金剛盛高を受けて刃こぼれしている。だが、なかなかの名刀だ。いずれ、持ち主に返すときがくるかもしれない。


よく肥えた人影が塚の斜面を昇ってきた。あの宰領人である。信十郎と視線が合うと、分厚い頬を緩めて微笑んだ。

「このたびは、危ういところをお助けいただき、まことにありがとうございました。それがしは京橋の太物《ふともの》（木綿の反物）屋、渥美屋庄左衛門《あつみやしようざえもん》と申します」

か細い、と形容していいほどの声音であった。表情はあくまでも柔らかい。だが、なにやら不気味な警戒心を潜ませているのが伝わってきた。

信十郎は血振《ちぶ》りをし、懐紙で太刀を拭い、鞘にパチリと納めた。その間もじっと、渥美屋――と名乗った商人を見つめている。

信十郎と渥美屋は、塚の上と下、二間ほどの距離を隔てて睨み合った。雨雲が途切れ、初夏の陽差しがギラリと眩しく照りつけてきた。

四

信十郎と鬼蜘蛛はふたたび江戸に向かって歩いた。今度は渥美屋庄左衛門も一緒である。渥美屋の手代らも引き連れて、ちょっとした行列になっていた。

「かまわぬのですか」

信十郎は渥美屋に訊《たず》ねた。渥美屋は太い肩のあいだに埋まった首をひねり、信十郎に目を向けてきた。恵比寿大黒のように微笑んでいる。

「何がです」

「中宮様へのお供物です」

献上品の列は何里もの彼方に離れている。あちらは京へ、こちらは江戸へ、正反対に進んでいた。

「ああ、あれ」

渥美屋は、今度は本心から微笑した。

「もう、大丈夫でしょう。あとは甲州道中の勤番衆にお任せします。八王子に着けば八王子千人同心が警護するでしょう。選りすぐりの荒武者ですよ。忍びの衆といえども、そう易々《やすやす》と襲いかかれるものではない」

もう行列には興味を失くした、と言わんばかりの口調である。今の興味はもっぱら信十郎に向けられているようだ。時折、チラチラと横目で視線を向けてきては、満足そうに頷いている。なにやら鬱陶《うっとう》しく感じられないこともない。鬼蜘蛛などは相当にうさん臭そうな顔をしていた。

「しかし、中宮様へのお供物でしょう」

信十郎が言い募ると、渥美屋はフフフと笑った。

「お二方は、京の帝にご忠節を？」

信十郎の代わりに、鬼蜘蛛が横から嘴《くちばし》を突っ込んできた。

「そりゃそうや。わしら畿内のモンにとっては、帝は徳川より大事やからな」

「そうですか」

渥美屋は満足そうに、何度か頷《うなず》いた。

「たしか、市ヶ谷のあたりでもすれ違いましたな。わたしの勘違いでなければ」

こちらの顔もしっかりと覚えていたようだ。やはり只者ではない。油断ならぬ相手である。市ヶ谷で出会った者が、なぜ追ってきたのか、と、言外に問い質《ただ》している。

「京の帝の忠臣なら、曲者を追ってくるのも当たり前、ですかな？」

信十郎は、粘着質の視線を正面から受け止めた。

「京の帝……。なんだか、ほかにも帝がおわすかのような物言いですね」

一瞬だけ、渥美屋の眉が痙攣《けいれん》した。が、すぐに何事もなかったかのような顔をした。

「さて、四谷の黒門です。ここから先が江戸ということになります」

巨大な城門が街道を塞《ふさ》いでいた。石垣の上に櫓がのせられ、銃眼がこちらに向いている。

信十郎と鬼蜘蛛は、わずかながら緊張した。徳川の御家人らが門番をしている。さらには周囲の家々からも、鋭い視線が向けられていた。忍びの者も何人か潜んでいるようだ。

「まぁ、今のお江戸は、なにびとにも開かれている町です。大坂に秀頼《ひでより》さんがいらした頃は、それはそれは、厳しいお改めでしたがな。今では公方様に仇成《あだな》す者などどこにもおらぬ、と、そういうことになっております。そのまま入ったらよろしい」

渥美屋はスタスタと番衆に歩み寄っていき、慇懃《いんぎん》に腰を折って挨拶した。

「渥美屋庄左衛門でございます。中宮様へご献上の品を八王子に届けてまいりました」

陣笠を被った旗本が尊大そうに頷いた。

「うむ。ご苦労だった」

そしてチラリと、信十郎と鬼蜘蛛に目を向けた。

「そっちは」

信十郎らが答えるより先に、渥美屋が返答した。

「お行列を警護するため、我らで雇い入れたご浪人様がたでございます」

先ほどまで、あれほど徳川をくさしていたはずの鬼蜘蛛が、卑屈なまでの愛想笑いを浮かべて会釈した。信十郎は脱力しきった姿勢で突っ立っている。

警戒するまでもない者たち、と、判断したのであろう。旗本は一瞥《いちべつ》しただけで視線を戻した。

「通ってよい」

渥美屋と信十郎と鬼蜘蛛は、ほとんど同時に頭を垂れた。見上げるような大門をくぐり、江戸の府内へ踏み込んだ。

信十郎にとっては初めての江戸入りである。このあと、何度も死線を踏み越えることとなる江戸であった。

京橋へ向かってダラダラと歩く。渥美屋が感心したように吐息を漏らした。

「たいしたもんですな。だらしのない歩きっぷりや。あれほどの凶刃を振るうお方たちとは思えませぬ。どこから見ても、一旗揚げようと江戸に出てきたお上《のぼ》りさんや」

たしかに二人は、意識せずして不器用な行歩を取っている。

「『ものまねに、似せぬ位あるべし』とは、このことですな」

渥美屋は謳《うた》うようにつづけた。

「ものまねをきはめて、そのものに、まことになり入りぬれば、似せんと思ふ心なし。（演技を極めて、役柄に成りきっている役者は、そもそも「演技をしてやろう」などとは考えていないものである）」

信十郎はチラリと目を上げた。

「それは、申楽の祕伝ではございませぬか」

「やはりご存じでしたか。左様。花伝書《かでんしょ》です。ああ、申し遅れました。わたしの本姓は服部《はっとり》と申します」

「服部」

信十郎と鬼蜘蛛は、横目で視線を交差させた。

「左様、服部。服部左京介《さきょうノすけ》の後裔、と申せば、おわかりいただけましょうかな」

「なるほど、服部。それで太物屋を。花伝書にもお詳しい。武芸も達者なようだ。だから、お小人同心ら、大久保長安殿のご遺臣とも近しいのですな」

なにやら、碁盤に散らばっていた無数の布石が、妙手の一石で見事に繋《つな》がったのを見せつけられたかのような心地がした。

「ご理解いただけましたか」

「ええ。まぁ」

すると突然、渥美屋が足をとめ、その場で見事に反転した。ギロリと信十郎を睨《ね》め上げた。

「いかがしました」

信十郎は、真っ正面から見つめ返した。

「今度はあなたの番です、波芝信十郎様。あなたがどこのどちら様なのか、それがわたしにはわからない」

そしてフッと、目元を緩めた。丸い頭をちょっと振って、なにやら照れくさそうに笑った。

「ここがわたしの店です」

「ほう」

信十郎は四つ角に面した商家を見上げた。渥美屋の看板が掲げられている。豪壮な二階家で、屋根には小さな櫓まで上げられていた。

まるで武家地のような物々しさであるが、この櫓は、とくに渥美屋だけのものではないようだ。四つ角に面した商家なら、だいたいが櫓を載せている。いかにも将軍家のお膝元らしい、武張った街の風景だった。

「いかがです」

「……不用心ですな」

見た目こそ豪壮だが、敵への備えがあまりにも欠けている。屋敷が隣家とくっつき合っていた。隣家の塀を乗り越えられたら即、本丸である。渥美屋の寝首を掻くのはいともたやすい。さらには放火などされれば目も当てられない。一町丸ごと火の海だろう。

そう言うと、渥美屋は笑って首を振った。

「そういう意味ではございません。せっかくこちらまでご一緒したのです。まだ、お助けいただいたお礼も申し上げておりませぬ。いかがでしょう、我が屋敷に草鞋をお脱ぎになり、しばらくご逗留してはいただけませぬか、……と、こういうことで」

「ああ」

信十郎の袖口を、鬼蜘蛛がツンツンと引いた。『あきまへんで』と視線で訴えてくる。

そもそも花伝書の一節などを引用したのがおかしい。『商人に成りきっているが、ほんとうは違うのだよ』と宣言したようなものではないか。

だが、信十郎は、ゆったりと頷いて、渥美屋に笑顔を向けた。

「どこにも行くあてもない流浪の身。喜んでお言葉に甘えようか」

「それはいい。さぁ、どうぞ」

渥美屋は信十郎の手を取り、先に立って暖簾《のれん》をくぐった。

「戻りましたよ。ああ、お客様をお連れしました。ほれ、濯《すす》ぎをお持ちして。まったく気が利かない子だね、お前たちは」

丁稚《でっち》らを指図して、信十郎の草鞋と革足袋を脱がし、そそくさと奥に上げてしまった。表には鬼蜘蛛が取り残された。鬼蜘蛛は苦々《にがにが》しそうに下唇を突き出した。

「まーた、信十郎の悪い癖が始まったな」

危険と承知で頭から飛び込んでいく。お側守りをさせられるこちらのことなど、まったく考えていないのだ。

五

それより二刻（四時間）ほど前——。

江戸城の西ノ丸には『紅葉山《もみじやま》』と呼ばれる丘陵がある。

かつては日比谷入江を見下ろす閑静な高台であったのだが、江戸城の拡張にともない、曲輪《くるわ》の内に取り込まれた。

初代家康の死後、その美しい低山に霊廟が築かれた。最終的には歴代将軍の廟が建てられ、足の踏み場もなくなるのだが、このときはまだ、家康しか『死んだ将軍』はいない。家康の霊廟の周囲には、地名の由来となった紅葉が群生し、木立のあいだには、落飾《らくしょく》して尼僧になった側室様がたの庵室が静かに建ち並んでいた。

だが——。

普段は静寂のみに包まれる霊廟が、この日ばかりは不気味な殺気で満たされていた。柿色の装束に身を包み、覆面で顔を隠した忍びたちが無言で四方を固めていたのだ。

忍びたちは鋭い眼光を周囲に走らせている。わずかでも物音がすると即座に手裏剣が放たれた。鼠や小鳥がすでに何匹も手裏剣の餌食《えじき》になっていた。過剰にすぎる警戒ぶりであるが無理もない。その日の紅葉山東照社には、二代将軍秀忠が参拝に訪れていたのだ。拝殿から焼香の煙が漂ってくる。重々しい緊迫感が周囲を押し包んでいた。

拝殿には、狩衣《かりぎぬ》を着けた痩せた男が座っていた。二代将軍秀忠である。

拝殿の窓はすべて閉じられている。ただでさえ薄暗い殿内なのに、さらに紫煙が充満していて視界も定かにならなかった。拝殿と本殿外陣を繋《つな》ぐ『石の間』には御簾《みす》が下ろされ、御簾の向こうの内陣を秀忠の視界から遮《さえぎ》っていた。

本殿に向かって座した二代将軍の正面に、老いた尼僧が対していた。こちらは不作法に突っ立っている。

神社に尼僧とは不思議な取り合わせであるが、この時代はまだ神仏習合である。そもそも家康に山王一実神道《さんのういちじつしんとう》を紹介して、死後『権現《ごんげん》』として祀《まつ》られることを勧めたのは、天海《てんかい》という天台宗の僧侶である。神道、仏教、修験道が混在した、不可思議な宗教世界を徳川家は信仰していたのだ。

さて。謎めいた尼僧は無言で秀忠を見下ろしている。白い絹の帽子《もうす》を頭に被り、黒い法衣を着けていた。凛《りん》とした風姿から高貴な身分が偲《しの》ばれた。

だが、なんと、その尼僧は、顔に不気味な猿面を着けていた。素焼きの簡素な舞楽面で、目の位置に開いた穴から二代将軍を見つめている。

「母上！」

下座についた秀忠が猿面の尼僧に平伏した。二代将軍から母と呼ばれた猿面の女は、斜に構えた立ち姿のまま、面の穴越しに秀忠を眺め下ろした。

「突然の推参、いったい何事が出来《しゅったい》いたしましたか、秀忠殿」

猿面の下から、意外にも澄んだ美声が聞こえてきた。この年、秀忠は四十三歳。その母ならば六十に近い年齢であろうが、声音は三十路《みそじ》女のように涼やかだ。

秀忠は伏せていた顔を上げ、不気味な母をじっと見上げた。

「母上におかれましては、和子への献物、その行列に、なにやら仕掛けをいたさんとしておられると聞き及びましたが、それは、まことにございましょうや」

血色の悪い痩せた顔ながら、決然と実母を問い詰めた。凡庸な二代目と揶揄《やゆ》されてきた秀忠だったが、将軍職に就任してからはや十八年。それなりの威厳が身についていた。

しかし、猿面の母親は、息子の難詰を軽くいなして一笑した。

「仕掛け？　ああ、たしかに謀《はかりごと》などいたしたが。それがなんとした」

「母上！」

悲嘆とともに、ズイッと、秀忠は膝を進ませた。

「なんとしたことを！　和子は今や、天皇家と徳川を繋ぐ架け橋。否、この日本国を支える鎹《かすがい》にございまするぞ！　その献物に害意を忍ばせるとは何事でござろうか。狂われたとしか思えませぬ！」

秀忠は、じっと母親の返事を待ちつづけた。根気があって粘着質なことは、秀忠の一種の取り柄である。この〝美点〟だけは、父親の家康によく似ていた。

「そのほう」

ようやく母親が声をかけてきた。秀忠は、「はっ」と応えて平伏する。

「そのほうは、もしや、あの帝が恐ろしいのか」

「無論のこと、恐ろしゅうござる」

猿面の下で尼僧が顔を顰《しか》めた。そんな気配が伝わってきた。

「なにゆえじゃ？」

「帝は帝でありますがゆえに恐ろしゅうござるし、敬服すべきと考えております」

「左様じゃ」

猿面の尼僧は難渋な息子に背を向けて、本殿の御簾に身体を向けた。

「帝は帝ゆえに、敬服すべきものなのじゃ」

「それでは、なにゆえ、後水尾帝に害意を向けられまするや」

秀忠は、自分の母が、こともあろうに後水尾帝にさまざまな嫌がらせを仕掛けていることを知っていた。その中には、帝が鍾愛《しょうあい》する女官に対する暴虐も含まれている。そのせいで後水尾帝のお子が流れた、などという、忌《い》まわしい噂も伝わっていた。

たしかに、後水尾帝の側室腹は徳川にとって好ましいものではない。しかし、人間として踏み越えてはならない限度はあろう。妊婦を襲って流産させるなどという悪逆が許されていいはずがない。

クドクドと苦言を呈すると、尼僧は猿面の下から、せせら笑いを漏らした。

「たしかにのう。臣下の身で、畏れ多くも帝のお子を流すなど、あってはならないことであろうの」

「でございますから」

すると、尼僧は、面に開いた穴越しに、秀忠をキッと睨みつけた。なおも言い募ろうとした秀忠は、その視線に驚怖して口を閉ざした。

尼僧は秀忠の直前に寄ってきて、膝をついた。片手をそっと、息子の肩にのせた。

「秀忠や」

「はっ」

「帝は尊いものぞ。この国の至尊じゃ。じゃがのぅ、はたしてあの帝は、まっこと真実の帝であろうか」

秀忠は、俄《にわか》に頭を混乱させて、母の仮面を見上げた。

「と、申されまするか」

「秀忠」

「はッ」

「そのほう、徳川をなんと心得る。そもそも徳川とは、どういう家じゃ」

「と、申されまするか」

「わからぬか。相も変わらず鈍い子よ。――徳川は得川《えがわ》の当て字。得川家は新田義貞《にったよしさだ》公の支流。新田と申せば南朝の大忠臣ぞ。我ら徳川こそは、吉野の朝廷に伺候《しこう》せし、南朝忠臣の苗裔《びょうえい》にほかならぬ」

「それは……、三百年も昔の話ではございませぬか」

「だからなんじゃ。そのほう、先祖の栄光を、昔の話じゃからとて忘却いたすおつもりか」

「いえ、けっしてそのような……」

と、顔を伏せかけた秀忠の脳裏に、突如として閃《ひらめ》くものがあった。

「ま、まさか母上は、後水尾帝は『北朝』であるから、真の帝ではない、などと仰せなのではございますまいな」

するとに尼僧は、面の下でカラカラと笑った。

「ようわかっておるではないか。そのとおりよ」

「母上！　いかに我ら徳川が南朝の忠臣であったとは申せ、北朝の帝は三百年の長きにわたって日本国を統《す》べてこられました。この事実は曲げられませぬ。たとえ南朝が正統なる皇統であろうとも——」

「あろうとも？　なんじゃ」

「いかに南朝が正統であろうと、その皇統は、もはや絶えてございまする。我らが仰《あお》ぐべき皇室はただひとつ。そのこと、けっしてお忘れくださいまするな」

「ふむ」

尼僧はスラリと身体を起こした。さすがは家康に愛された女性《にょしょう》である。年はとっても優美な気品を誇っている。

「秀忠。そのほうは、南朝はもはや絶えたゆえに、北朝を奉るべきである、と、そうお考えなのだね」

「御意《ぎょい》にございまする」

猿面の女は忍びやかに笑った。そして、何かを告げようとした。そのとき――、

「宝台院様《ほうだいいんさま》」

拝殿の回廊から、一人の尼僧が入ってきた。下座の板敷きに膝をついた。

「伊賀の者ども、お行列を追って発ったとの知らせが入ってございまする」

「ようした！」

猿面の女――宝台院は喜色を漲《みなぎ》らせた。一方の秀忠は、肩ごしに尼僧を見やり、それからふたたび、宝台院に向き直った。

「伊賀者に何をお命じになられましたか⁉」

宝台院はカラカラと笑う。

「行列の供揃いをすり替えるのじゃ。我が手の者どもを供物とともに内裏に忍ばせ、今度こそ、あの憎き偽帝を殺してやるのじゃ」

「なんとしたことを！　母上！　お気は確かか！」

「確かも確かよ。偽りの皇統を攻め滅ぼし、正しき流れをふたたび京に還すのじゃ。秀忠よ、我ら徳川は『南朝の将軍家』として、正しく日本国を支えるのじゃ」

秀忠はガッと立ち上がった。

――狂うておる！

とは、さすがに実母に向かっては言えぬ。無言のまま、裾を翻《ひるがえ》して外に出た。東照社の参道をひた走り、本丸御殿へと急行した。

秀忠が去ると、拝殿内はふたたび闇に閉ざされた。

本殿の奥にボッと灯がともった。御簾越しに黒い人影が浮かび上がった。

宝台院は居ずまいを正して平伏した。

御簾の奥は亡き家康の御霊屋《みたまや》のはずである。だがそこに、命を持った男がドッカと腰を下ろしていた。

「秀忠め、我らに同心せぬようじゃな」

枯れた声音が聞こえてきた。かなりの老齢のようだ。

宝台院は猿面を伏せて畏《かしこ》まった。

「けっしてそのような。生まれついての愚か者ゆえ、物わかりの鈍いところがございますが、この母の言いつけに背《そむ》いたことはございませぬ。道理を順々に説けば、必ずや、南帝陛下の深意を理解いたすことでしょう」

「ならばよいがな。……ま、焦ることもあるまい。我らは三百年待ったのだ。あと数年ほど待つぐらい、なんということもないわ」

「ははッ。畏れ入りまする。必ずや、この徳川家を『南朝の将軍家』として、陛下の臣たらしめることをお約束もうしあげまする」

「うむ。……だが、焦るではない。すでに我らは多くの者を失った。たとえばそなたの息子、忠吉《ただよし》……」

「ああ……！」

宝台院の肩が震えた。愛する息子を失った悲しみはいまだ癒《い》えない。

御簾の影はつづけた。

「そして忠輝《ただてる》。秀忠の両腕として左右を固めるはずだった『南朝の副将軍』を二人も失ったのだ。そればかりではない。井伊直政《いいなおまさ》、大久保長安、服部半蔵を殺された。伊達政宗《だてまさむね》のみは、どうにか虎口を脱したようだが、それとて無理をすればどうなるかわからぬ」

宝台院は猿面の下で奥歯を嚙みしめた。

御簾の向こうの灯火が徐々に弱まり、黒い影が闇に沈んでいく。

「焦らぬことだ。秀忠を失うようなことにでもなれば、元も子もないからの」

「陛下！　せめて秀忠に、直にお声をかけてはくださいませぬか」

「秀忠はそなたに任せる。秀忠めが誠心より南朝の将軍として立つ覚悟を固めるまでは、朕《ちん》の存在は伏せておくがよい。朕は秀忠に討たれとうはない」

「まさか！　秀忠に限って、そのような――」

「わからぬぞ。あれはあれで、なかなかの男よ。フフフフ……」

ジジッと灯心が音を立て、灯火が消えた。と同時に男の気配も闇に溶けた。

六

秀忠は必死の形相で駈けた。母の真意がよくわからない。だが、このまま放置しておけば、とんでもないことになる、ということだけは実感できた。

南朝の皇統を京に還す、などと言っているが、ようするにそれは南北朝の騒乱がふたたび世を覆《おお》う、ということではないか。戦国時代同様の混乱がこの国を包み込むということである。

――それだけは、あってはならぬ！

秀忠は小心で生真面目な男である。それゆえにモラリストでもある。

信長、秀吉、家康と、偉大な英雄たちの豪腕によって戦国時代は幕を閉じた。日本国は数百年ぶりの太平を謳歌している。その平和な日本国を、なんの因果でか、こともあろうに、非力な自分が相続した。途轍《とてつ》もないことであった。

生真面目な秀忠は、この平和を永続ならしめねばならない、という義務を感じている。

別の観点から見れば、もし、世の中がふたたび混乱すれば、自分などでは到底《とうてい》、戦乱の世を勝ち抜けない、という実感もあった。将軍の座から引きずり下ろされ、首を打たれてしまうだろう。

将軍としてこの世の頂点に君臨しつづけたい、という私欲と、平和な日本を永続させる、という公益が一致しているのだ。何がどうあれ、戦だけは避けねばならなかった。

後水尾帝に害意を向けるなど、もってのほかの振る舞いだった。

秀忠は本丸へ戻る途中、西桔橋《にしつめばし》門の門前で、一人の家臣の出迎えを受けた。

「但馬守《たじまのかみ》か」

地味な──というより粗末にすら見える袖無しの直垂《ひたたれ》（のちの裃）を着けた男が、片膝をついて頭を下げている。公儀剣術指南役、柳生《やぎゅう》但馬守宗矩《むねのり》であった。

このとき齢《よわい》五十一。頭髪には白いものも混じっていた。だが、その挙措と立ち居振る舞いは壮年のごとく。兵法で鍛えた肉体に微塵《みじん》の衰えも見られなかった。

秀忠は宗矩の前にヅカヅカと進み、平伏する頭の上から怒声を落とした。

「そのほう、存じておったのか」

宗矩は、身じろぎもせずに答えた。

「存じており申した」

「いつからじゃ」

「今朝方にございまする」

秀忠は血走った目を宗矩に向けた。

「何がどうなっておるのじゃ。存じておるかぎりのことを申せ」

「ハハッ。服部半蔵家の残党ども、中宮様お供物のお行列を追って、先刻、江戸を発ってございまする」

「なんと！　こともあろうに半蔵家か！」

秀忠は俄《にわか》に慄然《りつぜん》とした。イライラとして、つい、爪を嚙んだ。

「半蔵家の者ども、我らに恨みを抱いておるに相違あるまい」

「御意」

「残党ども、このわしではなく、母上の命にのみ、従うであろうな」

「伊賀組の同心どもに、あとを追わせてはどうか」

「おそらく」

伊賀忍者の総帥《そうすい》であった半蔵家の滅亡後、伊賀忍者はいくつかの組に分けられて、徳川の御家人に取り立てられた。半蔵門や大奥などの警備に従事している。

しかし、宗矩は首を横に振った。

「半蔵家の残党は、伊賀忍軍の根幹を成していた強者《つわもの》どもでござる。とてものこと、伊賀組の下忍どもでは太刀打ちかないませぬ」

「では……。そうじゃ、山岡《やまおか》はどうか。道阿弥《どうあみ》でもよい。息子の新太郎《しんたろう》でもよいぞ」

「甲賀組組頭《こうがぐみくみがしら》は、この件につきましては、一切《いっさい》の関わり断つ、と、申し伝えてまいりました」

さすがは甲賀組である。宝台院と半蔵家の暗躍を嗅ぎつけたのに違いない。そのうえで、将軍家からの命をも拒否する構えをとった。横着なのか、事態に驚怖しているのかはわからない。が、いかにも忍家らしい割り切りぶりだった。

秀忠はカッと激怒した。

「では、どうせよと申すのじゃ!」

すると、但馬守は面《おもて》を上げて、秀忠の顔を見つめ上げた。白髪の混じった眉毛の下で二重瞼の大きな双眸が光っている。鳶色《とびいろ》の虹彩《こうさい》が特徴的であった。

「すでに手は打ってございまする」

「なんと！　まことか！」

「ハハッ。まず、半蔵家の者ども、その古強者は動きますまい。宝台院様の手前もあり、若輩者がお行列を襲いはいたしましょうが、よもや、今上帝《きんじようてい》に害意を為《な》すことはござりますまい」

「何を謀った？」

「服部庄左衛門を使いましてございまする。半蔵家を抑えられるのは、今やあの者をおいてほかになし。……と、いうことでござる。ご案じなされますな」

「なるほど、伊賀者には伊賀者を、か。毒を以《もっ》て毒を制すの譬《たと》えじゃな。さすがは但馬じゃ。ようした！」

「過分なお褒めの言葉を賜り、恐懼《きょうく》いたしまする。……あとは首尾よい知らせを待つばかりにございます」

「うむ。そのほうに任す。よきに計らえ」

秀忠は、俄に上機嫌となり、西桔橋を渡って本丸に戻った。

秀忠が去って一刻ほどして。

宗矩が付近を逍遥《しょうよう》していると、柳生家の若侍が袴の裾を翻しながら駈けてきた。宗矩の正面に跪《ひざまず》き、ひと言ふた言、言上《ごんじょう》した。

するとご。

「なんだと……？」

宗矩の鳶色の両眼が訝しげに顰《ひそ》められた。

「詳しく申せ」

「ははッ、伊賀の者ども、お行列を襲い申したところ、何者かが助勢に駆けつけ、たちまちのうちに伊賀者の半数を斬り捨てた、との由にございまする」

「何者かとは、何者じゃ」

「皆目、見当がつきませぬ」

「その者、その後、いかがいたした」

「はッ、服部庄左衛門様とともに江戸府内に入り、渥美屋に上がり込んだ、との由にござる」

「庄左衛門の店にか」

宗矩は胸騒ぎを覚えた。剣術家として研ぎ澄まされた五感が、危険の匂いを嗅ぎつけた。

　宗矩はしばし黙考したあとで、若侍に下命した。

「その者の正体を調べあげよ。構えて手出しは無用。無論のこと、庄左衛門にも手出しはならん。あくまでも隠密裏にやれ」

「しかし、あの庄左衛門が、たやすく手の内を探らせるとも思えませぬが」

　若侍は、新陰流の稽古場ではけっして見せない怖じ気《おけ》を覗かせた。

　伊賀者に対する恐怖心は、柳生の家中に抜きがたく染みついている。伊賀と柳生は隣国だ。戦国時代の全期を通じ、敵になり、味方になりして戦ってきた相手であった。

　それ以前からの因縁もある。南北朝の後醍醐帝の蜂起の頃に遡《さかのぼ》る。

　だが、今は悠長なことを言ってはいられない。

　――いざとなれば、そなたらに死んでもらうだけのことだ。

　と、宗矩は思った。たとえ江戸柳生の密偵を何人失うことになろうとも、この問題だけは、なおざりにできない。という直観があった。

七

「たいそうな繁昌ぶりです」

信十郎は渥美屋庄左衛門の商家にいる。

奥座敷にまで表店《おもてだな》の喧騒が聞こえてきた。庭の奥には蔵が建てられていて、手代や丁稚らがひっきりなしに往復し、太物《ふともの》や生糸の束を持ち出していた。

「おかげさまで、ボチボチとやらせていただいております」

茶釜の前に庄左衛門が座っている。信十郎と鬼蜘蛛は客座についていた。

実は、庄左衛門は、主である自分が上座に座るべきなのか、それとも信十郎を上座につかせるべきなのか、ちょっと迷った。こういうときに茶室というものは便利である。客と亭主の座り位置が固定されている。

茶釜が沸くまでのあいだ、庄左衛門はゆるゆると喋りつづけた。

「徳川家と我が家は、東照神君様が三河におわした頃からのおつきあいですわ。三河は木綿の産地でっしゃろ。それを七里の渡しから伊勢の津にまで回送するのが我が家の仕事でございました。あの頃はまだ、木綿の産地は少のうございましたからな。三河様の一手引受で、我が家もぎょうさん、儲けさしていただいたようです」

伊勢湾の海商といったところか。庄左衛門の言葉には伊勢の訛りがある。もっとも、服部氏なら本貫地《ほんがん》は伊賀だから、さらに上方に近い。

木綿の生産と販売は三河の一大産業であった。木綿が普及する以前、この国には麻布と絹布しか存在しなかった。どちらも保温と吸湿能力には欠ける。それらに比すれば綿布は革命的であった。日本じゅうに飛ぶように売れた。

さらには火縄銃の火縄にまで使われた。三河の土豪の徳川家が、大国今川から独立できたのも、戦国最強の武田軍を退けることができたのも、ついには天下を取れたのも、三河木綿の販売による莫大な資金があってのことだったのだ。

というような話を、ボツボツと、庄左衛門は語って聞かせた。

「そういうわけで、我らのご先祖の左京介も、桶狭間では徳川さん、いや、その頃ですから今川方に合力《ごうりき》しましてな。いやぁ、おかげで信長さんには、そのあとでえらい苛められた、という話どす」

服部左京介は長良川河口に盤踞《ばんきょ》した豪商であり、地侍であり、海賊（海の武士団）だった。その子孫が徳川に身を寄せたのは、信長の攻撃を支えかねたからであろう。

信十郎は目を上げた。

「服部半蔵家、というものがございましたな」

「我らの宗家です。伊賀国のお館《やかた》様」

「由緒ある名族ですな」

「左様です。秦河勝《はたのかわかつ》の裔《すえ》です」

秦河勝は、養蚕、機織《はたおり》などの技術や、舞楽などの芸能を携えて日本に渡ってきた帰化人である。聖徳太子に仕えたという伝承をもつ。これらの職に就く者からは、神に等しい尊崇を受けていた。

「服部半蔵家も、徳川家とは、木綿を介してのおつきあいでしたか」

「いいえ！」

庄左衛門は両手を広げて突き出して振った。信十郎はよほどの失言をしたらしい。

「半蔵家はまったく別です。松平家とはずっと昔から――。むしろ我らは、半蔵家の引きで、三河に足を伸ばしたのです」

「ほう」

「北畠親房《きたばたけちかふさ》、というお人が昔、おられましたな」

「南朝の忠臣ですな」

「はい。おおよそ三百年の昔、この国の朝廷が二つに割れていた頃の話です。北の朝廷を担ぎ上げたのが足利殿《あしかが》。南の朝廷に伺候したのが、新田義貞様、楠《くすのき》のご一党、そして九州の菊池《きくち》一族……」

信十郎の肩がわずかに揺れた。庄左衛門は上目づかいに視線を向けた。

「菊池一族といえば、今でも肥後ではたいそうなご身代とか」

たいそうな身代どころではない。実質的に肥後の国を支配している、と言えなくもなかった。

豪族として広大な領地を持っているばかりではなく、阿蘇大宮司《あそだいぐうじ》家などの宗教権威をも統括していた。

秀吉の命で佐々成政《さっさなりまさ》が肥後に入国したとき、一斉に国衆が蜂起したことがあった。一揆の鎮圧に失敗し、佐々は腹を切らされたのだが、その一揆を主導していたのが菊池一族、わけても強豪な玉目《たまめ》氏であった。

それはさておき、信十郎は言いよどんだ。なぜ急に、肥後の話を振られたのか、すこし不気味に感じてもいた。

庄左衛門は追い打ちをかけてきた。

「肥後からお越しになったのでしょう、あなた様は」

「なぜ、そうお思いになりますか」

「仕立てです」

庄左衛門は、一言で答えた。

「着物の仕立てにも、それぞれのお国柄があるものです。あなたのお召し物は肥後の絣《かすり》。先ほど見せていただいた剣術も、わたしの目に狂いがなければ林崎神明夢想流。どちらも肥後に関わるものです」

「まいりました。さすがですな」

信十郎は軽く首のあたりを掻いた。鬼蜘蛛は顔を真っ赤にさせている。

こうなっては、隠したところで仕方がない。

「いかにも、肥後からまいりました」

「清正公のご側室様がたには、ずいぶんと菊池の姫が多いようですな」

「いかにも、正應《しょうおう》院様、本覚《ほんがく》院様、浄光《じょうこう》院様、すべて菊池のご一族です」

肥後の領主として入国した加藤清正は、三人もの妻《めと》を菊池一族から娶らねばならなかった。そのうちの正應院はなんと、玉目氏の姫であった。一揆の首謀者が罰せられることもなく、新領主の外戚となる。いかに菊池の力が強かったのかを物語っている。

「今のご当主の忠広《ただひろ》様も、菊池の血をひいていらっしゃるわけですな」

「そうです」

「徳川御三家の一つ、紀州《きしゅう》頼宣《よりのぶ》公にお輿入れの姫君様も、しかり」

「左様ですな」

庄左衛門は、苦笑いを一つ、漏らした。

「肥後加藤家五十二万石、さながら南朝に取り込まれたかのごとく、でございますな」

信十郎の横で鬼蜘蛛がプルプルと震えた。信十郎は、動くな、と目で制した。

そんな殺気を知ってか知らずか、落ち着きはらった手つきで、しかしなんとも不器用に、庄左衛門は茶を点《た》てはじめた。

「二代将軍秀忠様のご生母様、西郷局《さいごうノつぼね》様、ああ、今は落飾なされて宝台院様とおなりでしたか、——あの御方も、菊池一族です」

信十郎の正面に、茶碗を置いた。

「元はと言えば、北畠親房卿です」

話が戻った。

「延元《えんげん》三年（一三三八）と申しますから、まぁ、ずいぶんな昔です。まだ足利尊氏《たかうじ》公もご存命。天皇家におかれては吉野の朝廷と京の朝廷、二つに分かれて延々と鎬《しのぎ》を削りあっておられましたが、吉野の帝には武運つたなく、南朝の忠臣は、楠、新田、北畠顕家卿《あきいえ》など、そのほとんどがお討ち死になされ、まさに憂愁焦眉のありさまでございました。そんな中で北畠親房卿が、起死回生の策を立てられたのでございます。もはや畿内には南朝方に馳せ参じる者もない。だが東国にはまだ日がある。そう占われて宗良《むねよし》親王らを奉じられ、伊勢の大津から勇躍、出帆なされたのでございます。しかし、好事魔多し。伊勢より出た大船団はまもなく嵐に見舞われて、宗良親王の御座船《ござぶね》は遠州灘《えんしゆうなだ》に吹き戻されてしまいました。

むろん宗良親王の御座船には、南朝の忠臣どもがあまた同乗しておりました。親王の御輿《みこし》を担ぐと、足利方の追手を逃れて山の奥へと逃げ込んだのです。その忠臣どもの中に、菊池の分家である西郷の衆や、服部の一党が駒を揃えておりました」

「ほう。すると、服部家と東海道のつながりは、その頃よりの話となるのですな」

渥美屋庄左衛門、否、服部庄左衛門は莞爾《かんじ》と笑った。

「左様です」

庄左衛門は乾いた唇を舌で湿らせ、話をつづけた。

「遠江《とおとうみ》の山中に逃れたご一行様を庇護なされたのが、井伊谷《いいだに》の井伊直道《いいなおみち》様でした」

「井伊？　あの井伊直政《なおまさ》殿の」

「左様です。彦根の井伊様のご先祖様。忠臣です。……さて、井伊谷に御座所を構えられてからというもの、宗良親王は信濃、三河、遠江と転戦なさって、南朝の勢力を扶植なさっていかれました。秀忠様のご生母、西郷局のご先祖が、三河に土着なされたのもその頃。いや、ずいぶんと古い話です。三河遠江の豪族たちの參陣はひきもきらず。そんな中に、松平郷のご一党もござったのでございます」

「すると、松平――今の徳川家もまた、南朝方の忠臣ということになりますね」

「左様、左様。長々と話してまいりましたな。伊賀のお館、服部半蔵家と、徳川家との繫がりは、そのときから始まったのでございまする」

「なるほど！」

と、脇で鬼蜘蛛が膝を叩いた。

「たかだか三河の小豪族だった徳川に、どうして伊賀の大姓《たいせい》の服部半蔵様がお仕えしたのか、前から不思議に思っておりましたんや。なるほどなるほど、そういう由縁《ゆえん》があったんでんな」

庄左衛門は嬉しげに頷いた。畿内の訛《なま》りで応える。

「伊賀だけやおまへんで。例の桶狭間の一戦では、甲賀衆も松平党にお味方申し上げたのや。根来寺の忍びらも今では徳川に仕えておる。我らは皆、一党や」

「すると」

信十郎は、何かに思い当たった、という顔つきで、顎を撫でた。

「肥後加藤家ばかりではなく、ほかならぬ将軍家もまた、南朝に取り込まれたがごとく、でございまするな」

先ほどの、庄左衛門の言い分をまねるでもなく、そう思った。

「それは……」

庄左衛門が言いよどんだ。信十郎は思考に沈む。

そうではないか。秀忠の生母は南朝忠臣の後裔で、その周辺には井伊や服部や甲賀衆など、やはり南朝の忠臣たちが集まっている。

そもそも秀忠は、家康の子らの中ではもっとも凡庸《ぼんよう》と評された男だ。こともあろうに天下分け目の大合戦、関ヶ原に遅刻してくる馬鹿殿である。誰がどう見ても二代将軍の器ではない。なにゆえ秀忠が家康の後継者に選ばれたのか、大名たちにも、市井《しせい》の者にも、説明がつかぬ。

――秀忠には、南朝の者どもがつき従っているのか……。

世の表からはけっして見えぬ、闇の旗本たちが暗黒の陣を布《し》いている。その本陣には秀忠と生母・宝台院がいる。そんな不気味な光景が信十郎の脳裏をよぎった。

しかし……。

井伊直政、大久保長安は謎めいた死を遂げ、服部宗家の半蔵家は取り潰された。それはいったい、どのような理由があってのことであろうか。

信十郎は素直に過ぎる性格である。思ったことがすぐ口に出る。その口を開きかけた瞬間だった。茶室の外から、小さな足音が聞こえてきた。

二人分の女の足が、敷石を踏んで近づいてくる。一人は中年で、もう一人はまだ若い。信十郎の鋭い聴覚は聞き逃さなかった。中年女が沓脱《くつぬ》ぎ石の上に立つ姿まで、はっきりと思い浮かべることができた。

「御免くださりませ」

上品な声音が聞こえてきた。庄左衛門は鷹揚に返事をした。

「ああ、お入り」

躙口《にじりぐち》が開いて二人の美女が顔を覗かせた。

「わしの女房ですねん」

なにやら一人の中年男の素顔を晒《さら》して、ニヤニヤしながら紹介した。

「志《し》づ、と申します」

一礼し、志づは茶室に膝から滑り込んできた。上品で流れるような身のこなしである。美女だけに、様になっている。

つづいて、若い娘が入ってきた。そのとき、さしもの信十郎も呆気にとられて声を失った。鬼蜘蛛に至っては、瞬時に茶室の隅まで飛んでしまったほどであった。

「そなたは……！」

長い黒髪と白い小袖が美しい。瓜実形の整った美貌。切れ長の目尻でチラリと信十郎の顔を見た。

「キリと申します。ようこそ、お越しやす」

指をついて頭を下げた。まったくの無表情である。透き通るように白い肌であった。

信十郎は庄左衛門の顔を睨みつけた。

「お行列を襲った女頭目ではござらぬか」

庄左衛門は顔面を紅潮させ、額をテラテラと光らせて破顔した。

「驚かれはったようですな。これは愉快愉快」

庄左衛門に寄り添うようにして、女房殿の志づも笑っている。たもとで口元を抑えて、なんとも艶冶《えんや》な風情であった。

「娘御か」

信十郎は庄左衛門に質《ただ》した。庄左衛門は懐紙で額の汗を拭いながら答えた。

「いいえ。さるところからの預かり人でございます。我らにとっては、主筋にあたられるお方の、姫君様でございます」

「お行列を襲わせたのは、渥美屋殿の差し金だったのか」

「まぁ、そうお考えになってもよろしい」

それだから、宰領をやめて江戸に戻ることができたのだ。もはや行列を襲う者はない。庄左衛門はそれを知っていたわけだ。

「しかし、いったい、なぜ」

服部一族は徳川の配下であったはず。そして和子中宮はほかならぬ秀忠の娘であり、公武合体という秀忠の悲願を象徴する娘であるはずだ。

「それはまぁ、おいおいと。複雑な事情が絡んでおりましてな。正直なところ、あなた様にどこまでお話ししてよいものやら、悩んでおりますのや」

それはそうだろう。

信十郎はふたたび娘に視線を向けた。

キリは、やや面を伏せ、端然と座している。汚れた小袖と緋色の袴は着替えていた。袖に紅葉の柄を散らした新しい小袖と、海老茶の袴を着けている。官女とも、巫女とも、武家娘ともつかぬ姿だ。

美しい顔だちである。目尻と唇に塗られていた朱は落とされていたが、素のままの唇も可憐である。目元もやや、薄桃色に染まっている。長い睫毛が濃い。

信十郎の視線を受けて、ふと、娘が顔を上げた。視線が動いて信十郎をそっと見た。

その瞬間、薄桃色の唇が尖《とが》った。直後、信十郎の腰に差さっていた白扇がバッと開いた。白扇に針が突き刺さる。キリが吹き針を吹いたのだ。信十郎が白扇を抜いて、我が胸の前で広げていなければ、針は心臓のあたりに何本も刺さっていたであろう。

庄左衛門、鬼蜘蛛、志づが息を呑んだ。

信十郎は、すこし悲しげに目を伏せた。

「危ないことをする」

キリは、吹き針の筒を口中に戻した。

「毒は、塗ってない」

信十郎とキリは、しばし無言で見つめ合った。視線と視線で斬り合うような応酬である。庄左衛門らは声をかけることすらできない。

「ああ、そうそう」

信十郎は、ふと、殺気を解くと、懐に手を入れた。懐紙と袱紗に包んであった娘の短刀を取り出した。

「これを返さねばならぬ」

思いもかけず、早々と持ち主の手に戻るものだ。差し出すと、娘は、すこし動揺した気配で懐剣を見つめた。

小袖の袖口が動く。指先がわずかに覗いている。差し出された自分の剣をスッと握った。

その瞬間、キリの腕が返った。切っ先を信十郎に向けて突き出してくる。信十郎の白扇が、ビシリと娘の手首を打った。

短刀はキリの手を離れ、茶室の畳にドスンと刺さった。

「痛い」

さして痛い様子でもなく、キリは無表情のまま呟いた。立て膝を戻して正座し直す。畳に刺さった懐剣を、つまらなそうに見つめた。

そのとき。

「姫様、殿方をお試しになるのも、いい加減になされませ」

志づの凛とした美声が茶室に響いた。その瞬間。

今までまったくの無表情だったキリの頬に、真っ赤な血が昇りはじめた。正座したまま、細い肩口を震わせた。

一方、志づは、さもおかしそうに微笑んでいる。

庄左衛門は、キリと妻の顔を交互に見やっていたが、ややあって、

「ややっ！」

と奇声を漏らした。その直後、

「そんなアホな！」

鬼蜘蛛が絶叫した。志づは鬼蜘蛛に微笑みかけて、

「そんなアホなことが起こってしまうのが、男と女というものどす」

と言った。

志づと庄左衛門、鬼蜘蛛に凝視され、キリの美貌はますます紅潮した。今や首筋まで真っ赤だ。

「知らぬ！」

ついに耐え難くなったのか、吐き捨てるように言うと、畳に刺さった懐剣を引き抜いて飛び出していった。

一人、信十郎だけが、何が起こったのかまったくわからず、呆然とその場に座っていた。

第二章　月下に集いて

一

「なにやら、剣呑《けんのん》だな」

鳶澤甚内《とびさわじんない》は、渥美屋の前に立って、そう思った。

どこからともなく冷たい空気が流れてくる。甚内の首のあたりに張りついてきた。

「やれやれ……。物騒なことだ」

甚内は意に介さずに暖簾に歩み寄った。地味な小袖の着流しに羽織の姿。裕福な商人の身なりである。実直な番頭があとについてくる。

店の前を掃除していた丁稚が気づいて丁寧な挨拶をよこし、片手で暖簾を上げてくれた。

「あい、お世話」

甚内は頭をチョイと下げ、店に入った。渥美屋の番頭が帳場を離れてやってきた。深々と腰を折って頭を下げる。甚内はなかなかの〝顔〟であった。

「庄左衛門旦那はいるかな」

にこやかに声をかけると、奥から庄左衛門が顔を出した。

「ああ、鳶澤の元締《もとじめ》。ようこそお越しやす」

「これは渥美屋さん。はい、今日も仕入れにきましたよ」

「それはそれは。毎度のことながらありがとうございます。ちょうどいい下《くだ》り物《もの》が河岸に揚がったところでして。さっそくご覧いただきましょうか」

「それはいい。では」

などと言葉を交わしながら、鳶澤甚内はスラリと帳場に上がると、店の奥へ向かった。残された鳶澤の番頭が渥美屋の番頭と商談を始める。どこにでもある商家の店先の風景であった。

この鳶澤甚内という男、江戸の古着屋の元締である。古着屋といえば、金持ちが着古した衣服を下取りし、貧乏人に販売したり、貧乏人が着古した衣服を下着に直して販売したりするのが仕事だ。

だが、この頃になると、新品の綿布を買い取って、着物に仕立てて売りに出したりも始めていた。ようするに既製服である。

着物とはそもそも、太物屋や呉服屋で反物を購入し、仕立屋に預けて仕立てさせるものである。が、そのような手間をかけることができるのは、裕福な家に限られていた。

江戸は鳶や人足、大工など、貧乏職人の天国なのだ。到底、金持ちが着古すのを待ってなどいられない。

そんな次第で鳶澤配下の古着屋たちは『新品仕立て下ろしの古着』という、ちょっと聞いただけでは意味の不明な商品を大量に捌いていた。木綿の太物を商う渥美屋庄左衛門にとっては上得意である。

しかも、二人の関係は、商取引だけに限らなかった。

二人は茶室に入った。

「なにやら、表が剣呑なようですな」

座るやいなや、鳶澤甚内が口を開く。

「ええ。まぁね。三日前から、あの様子ですわ」

姿を見せぬ監視の存在には、庄左衛門も気づいていた。

「三日前。何がありました」

「ええと、まぁ、お行列を宰領いたしましたが、多分、そっちではなく、お客人のほうが問題だったのか、と」

「客人？　どなた様がご逗留で？」

甚内が無遠慮に切り込むと、庄左衛門は苦笑いして答えた。

「まぁ、肥後のお人、としか」

「肥後のお人？　どなたです」

庄左衛門は、プッとキセルの脂《やに》を吹いた。

「それがよくわからない」

「よくわからぬお人を泊めておられるのですか」

庄左衛門は煙草盆を寄せ、煙草を詰め、火を点けるとプカリと吹かし、素知らぬ顔つきで語りはじめた。

「肥後と申せば……、二十年ほど前、ちょいと話題になったお人がおいででしたな」

自分が吐いた煙を見上げながら、庄左衛門はつづけた。

「なにやら加藤清正公が、えらいお子を匿《かくま》った、とか、なんとか」

「ああ、ありましたな」

「日本じゅうの忍びが、その正体を探りに肥後に入りましたが、ほとんど帰ってきまへんでしたなぁ」

「肥後は、菊池の本貫地ですからね。断りもなく、よその忍びが踏み込めば、それはただではすまぬでしょう」

甚内は、そう言いながら、ジロリと庄左衛門を見た。

「もしや、渥美屋さん。そのお客人とやらが、その『お人』だと」

するとと庄左衛門は、ニヤリと照れ笑いをした。

「いや、そこまでは、まだなんとも。しかし……」

「しかし、なんです？」

「いえねぇ。菊池の分家の、西郷の御局様が、なにやら最近、妙な動きを見せてますやろ」

「そのようでございますな」

「それでね。あるいは、それが呼び水となって、肥後の菊池が動きだしたんやないやろか、とね」

「まさか……。しかし渥美屋さん、万が一そうだとすると、肥後の菊池は、どこの勢力を推すつもりでしょうかね」

「それはねぇ……。肝心の公方様も、家中《かちゅう》が一枚岩ではない。三河以来の譜代衆も、伊賀や甲賀の忍び組も、それぞれ細かく徒党を組んで、勝手なほうを向いて、勝手にゴチャゴチャやっとるようや。多分、どこの御家も同じこと。家が大きくなると、それぞれ派閥ができよります。肥後の菊池もそうでっしゃろ。身内同士で細かく分かれて角の突き合いや。そやからサッパリ、見えてきまへんねん」

「困りましたな」

「そうでんなぁ。気がついたら、忠輝様みたいに、何が何やらわからぬうちに潰されておった、などということに、なりかねませんですやろ」

――あの服部半蔵家ですら、そうやって潰れたのですからな。と、言おうとしたが、黙っていた。

「ですから、様子見ですわ。でっかい火薬樽を抱えて様子見。あはははは」

庄左衛門はひとしきり笑うと、キセルの雁首をカンッと灰皿に打ちつけた。

「それでは、お約束どおり、河岸に揚がったばかりの下り物を見ていただきましょうかね」

そう言うと立ち上がり、甚内を連れて奥の座敷に向かった。

「波芝様、ちょっと、よろしゅうございますかな？」

障子を開けると、床を背に座る長身の若者の姿が見えた。庄左衛門はにこやかな笑みを絶やさず、座敷に入った。着流しの裾を折って正座する。

鳶澤甚内は、信十郎の視線を正面から受けた。

――このお人が、菊池の『真珠郎《しんじゅろう》』なのか。

二十数年前、日本国の忍家のすべてをひっかき回す原因となった子供。

なにやら真夏の陽光に射られたような心地がした。

二

江戸城から見て鬼門の方角に、江戸城を見下ろす高台があった。忍岡《しのぶがおか》という。そこに藤堂高虎《とうどうたかとら》が江戸屋敷を構えていた。

藤堂高虎は北近江（滋賀県）の土豪出身であり、最初は浅井長政《あざいながまさ》に仕え、浅井家滅亡後は秀吉に仕え、秀吉の死後は家康に急接近して、その信頼を勝ち得た。

合戦、築城、内政、外交、すべての面で超一流で、家康・秀忠ともに信任が厚く、大坂城、江戸城、名古屋城の築城、日光東照宮の造営等に辣腕を発揮した。和子入内の朝廷工作を担当したのも高虎である。まさに万能の天才、異能者であった。

高虎の封国は伊勢と伊賀である。高虎は伊賀の上野に城を構えた。その場所がよほどに気に入ったのか、江戸屋敷を置いた忍岡まで『上野』という名に改名させた。

その上野である。

高虎の江戸屋敷が急遽、移転と決まった。理由は、その場所が〝江戸城から見て鬼門の方角にあったから〟である。強硬に主張したのは天海だった。

天海もまた、謎の人物である。突如として家康の前に現れ、その信任を恣《ほしいまま》にする。山王一実神道を説いて、家康の死後を設計してみせた。『東照大権現』としての神格化がそれであった。

日光において進行中の東照宮造営は、神域・寺院としての設計が天海、実際の施工担当が高虎という、異能者二人の二人三脚で展開されていた。

さらに天海は今、江戸の町を巨大な曼陀羅《マンダラ》に見立てて、王城鎮護《おうじようちんご》の大寺院建設を同時進行させていた。鬼門を封じるのが上野の寛永寺《かんえいじ》。裏鬼門を封じるのが芝の増上寺《ぞうじようじ》である。むろん高虎に否やはない。早々に上野を引き渡し、新たな拝領屋敷へ移っていった。

上野の藤堂屋敷跡に寛永寺が完成するのが寛永二年（一六二五）のことである。このときはまさに、建設の真っ最中であった。

中堂の基壇《きだん》に尊い仏舎利《ぶっしゃり》が収められた。開基《かいき》となる天海自らが安置した。比叡山から招聘した高僧たちが読経する中、厳《おごそ》かに儀式は進行した。

その日の宵のことである。

一世一代の晴れの日を、予想以上の成功裏に満了させ、天海は満腔の悦びにひたりながら、ひとり宿坊に閉じ籠もり、静かに時をすごしていた。

我が身の健康には自信のある天海だったが、さすがに老いも自覚している。なにしろ八十七歳になるのだ。最近めっきり疲れやすくなったものだなぁ、などと、法衣の袂《たもと》をそっと撫でながら考えていた。

どれほどの時をすごしたであろうか。侍僧が踏み石を渡ってきて、扉の前に平伏した。

「斉藤福《さいとうふく》様がお越しになり、お目通りを願っておられますが」

「なんじゃと？」

夜も更《ふ》けた。いつものことながら間《ま》の悪い女である。頭が悪いわけではない。むしろ鋭利に過ぎるほどだ。しかし、相手の都合や気持ちを忖度《そんたく》するという能力が決定的に欠けている。

「つまり、それがアホ、ということだ」

突然だが、話は七年後に飛ぶ。

『紫衣《しえ》事件』と呼ばれる問題が、朝廷と幕府とのあいだに発生する。そのときも福は、朝廷側の都合や風習、社会通念を無視して参内《さんだい》を強行した。

無位無官の女を禁中に上げるわけにはいかない。慌てた朝廷は急遽、福に官位を授けた。『春日局《かすがのつぼね》』がそれである。このときにも天海は、斉藤福のアホぶりに呆れ返ることとなる。

話は戻る。

しかし、そのアホ女は、将軍家のお世継ぎ、家光《いえみつ》の乳母でもあった。家光にとっては、実母のお江与《えよ》よりも慕わしい存在であるとの噂だ。

「また、なにやら出来《しゅったい》したのかもしれぬのぅ」

天海は失笑まじりに独語した。

徳川家のゴタゴタぶりには、常のことながら呆れさせられる。先日は和子中宮への供物の列に、なにやら仕掛けたというではないか。馬鹿馬鹿しさに二の句も継げない。そんなアホどもであるからして、いつなんどき、どんな異常事態が発生するとも限らない。それが徳川将軍家の実体だった。

福はすぐにやってきた。悍《かん》走った牝馬のように早足だった。

「上人様！」

福は、挨拶もそこそこに顔を上げ、視線で縋《すが》りついてきた。

「何事かの」

天海は穏やかな声音で受けた。

まだ福が幼女であった頃、天海は、彼女と城の庭で遊んでやったことがあった。利発な福は、当時をちゃんと覚えているそうである。

たかだか数万石の小大名で、家臣たちとも家族同然のつきあいだった。福の家庭は幸せそうであった。当時のことを思い出すたび天海は、罪の重さに苛《さいな》まれた。せめてものこと、生き残った福だけは大切にしてやらねばならぬ。そんな気持ちになるのだ。

「家光殿に、何事かござったのか」

「ございました」

福は、疱瘡《ほうそう》の瘢痕《はんこん》の残る醜い顔を歪めさせた。この顔の造りが父親そっくりである。母親に似れば美女であったろうに。残念だ。

とにもかくにも、福の話に耳を傾けた。

「江戸市中の噂を、お聞き及びでございましょうか」

「噂？　はて。……このとおり拙僧は、俗世間より離れた身じゃ。噂話なら女房衆とでも語り合えばよかろう」

「そのように悠長な話ではござりませぬ！　お聞きくださいませ！」

「聞いておるよ」

福は、袂をキッと嚙みしめた。芝居がかっているが、これが素《す》である。袂でも嚙んで悔しさを紛らわせぬことには会話もできない精神状態であるらしい。

「市中に夜な夜な、辻斬りとやら申す者どもが出没いたすとか」

「ああ。そのようじゃな。比叡山より高僧らがお越しゆえ、警護を堅固に、と、申しつけたばかりじゃ」

江戸には日本じゅうからあぶれ者が集まってきている。地ならしや堀の掘削、大名屋敷や寺院の建築などひきもきらない。とにかく江戸には稼ぎがあるのだ。さらには大量の浪人たちが仕官を求めてやってくる。流れ者どもの大移動によって成り立っているのが、今の江戸なのだ。

しかし、それらの者どものすべてが、期待していたような稼ぎや仕官にありつけるわけではない。結局、強盗や追剝、辻斬りなどに身を持ち崩す者が多かった。

「その辻斬りですが、こともあろうに――」

と、ここまで言って、福はボロボロと涙を零《こぼ》しはじめた。

「どうしたのじゃ。申せ」

「あい。こともあろうに、若君様が、お刀の切れ味を試すために、人を斬って回っておられる。と、そういう噂が――」

「なにぃ？」

天海は、皺だらけの顔貌を顰《しか》めさせた。

「家光殿が辻斬りをなさっておられる、と、左様に噂されておるのか」

「くれぐれも申しておきまするが、若君様に限ってそのようなことをするはずが――」

「わかっておる！　家光殿のご身辺には、常に小姓らが張りついておる。かような悪行、人に知られずにできうるはずもないわ」

福は「よよよよよ……」と泣き崩れた。

「たわけた噂話よ。そのような馬鹿げた話、信じる者など何処《いずこ》におろうか」

「したが上人様。どのような噂であれ、若君様を誹謗いたしておることに変わりはなく……。また民草とは、途方もなく愚かな者どもでございまする」

「それで、このわしに何をせよ、と申すのか」

放っておくと際限なく愚痴を聞かされそうなので、天海は先を促した。

「あい。上人様のご配下の者どもを、しばしのあいだ、福にお貸しくださいませ」

「わしの配下を」

天海の双眸が光った。

「天台の僧侶、のことではないな？」

「申すまでもなきこと。修験《しゆげん》に長《た》けた山忍び、にございまする」

「うむ。それで、山忍びどもに何をさせる気なのじゃ」

「悪《あ》しき噂を流す者どもを引っ捕らえ、その魂胆を白状させたく存じまする」

天海は呆れた。

「そのようなことは、町奉行や目付らに任せておけ」

「なりませぬ！」

「なぜ」

福は、ふたたび袂で目頭を押さえた。

「噂を流す者どもの魂胆は奈辺《なへん》にございましょうや。畢竟《ひっきょう》、家光様をお世継ぎの座から引きずり下ろし、忠長《ただなが》様を代わりに据えよう、という悪しき企み」

「むぅ」

将軍秀忠には二人の息子がいた。長子家光と、次子忠長である。

実はこの兄弟、人間としての質から言えば、誰がどう見ても、忠長のほうが格上であった。

まずもって忠長は容姿が実に美しい。母のお江与は織田家の血をひいている。織田家は美男美女を輩出する家系だ。忠長は織田家の美貌を受け継いでいる。狸顔の家光とは雲泥の差であった。

つづいて気性も段違いだ。忠長は英邁《えいまい》で果断で豪気である。それでいて人好きのする性格で大名たちからの人気も高い。くわえて学問好きでもある。

一方の家光は、子供の頃からの引っ込み思案で内省的。それでいて、突然に癇癖《かんぺき》を発する。感情にムラがあり、万事につけて根気がない。

そんな次第で――。

次の将軍には忠長様のほうが相応《ふさわ》しいのではあるまいか、という声が、幕臣ばかりか大名家からも湧き起こっていた。とくに御三家の尾張義直と紀州頼宣らが忠長を熱烈に支持している。一方の家光は四面楚歌だ。東北の大藩、伊達政宗のみが、どうにか家光の味方であろうか。なんとも頼りない境遇に置かれていた。

「でありますからして」

斉藤福はつづけた。

「旗本は当てにならないのです。旗本どもの中にも忠長様を推す者は多く、忠長様のために陰謀を巡らせる者もあるやに聞き及んでおりまする」

「いかにも左様であろうな」と、天海は思ったが、滅多なことは口にできない。とはいえ「そんなことはあるまい」などと見え透いた空言で励ます気にもなれなかった。

「それゆえ、わしの配下を使いたいと申すのじゃな」

「叶うならば」

天海は、しばし目を閉じて黙想した。

――この者の父を、死地に追いやったのは、このわしだ……。

罪滅ぼしではないが、福には精一杯の助力をしてやりたい。

「あいわかった。心利きたる者を見繕い、明朝、そなたのもとに送ろう。そなたの好きに使うがよい」

斉藤福は、総身《そうみ》と満面で悦びを表し、何度も何度も拝跪《はいき》してから去って行った。

三

福は江戸城へ戻った。この頃はまだ『大奥』という制度は整っていない。が、のちの大奥に相当する『将軍の住居』は当然に存在していた。江戸城本丸にそれはあり、家光が居住しており、斉藤福の局《つぼね》もそこにあった。

「お戻りなされませ」

一人の老女が頭を下げて出迎えた。福が斉藤家にいた頃からつき従っている侍女だ。名は尾《お》ノ松《まつ》。白髪の老女であった。

「若君様は？」

「はや、お休みになっておられまする」

「左様か」

尾ノ松の助けを借りながら打ち掛けを脱ぐ。身軽な小袖の姿になって脇息によりかかり、ようやく一息つくことができた。

いったん下がった尾ノ松が白湯《さゆ》を持って戻ってきた。

「ご首尾はいかがでございました」

福は片手で茶碗を取ると、グイッと大きくあおった。

「上々じゃ」

忍び笑いが漏れる。ただでさえ醜い顔がさらに陰険に引き攣れた。

「ククク……」

「天海様より、修験の者どもを借り受けてまいったぞ。ククク、尾ノ松よ、善は急げじゃ、さっそく明晩からでも始めようぞ」

「それは重畳《ちようじよう》にございました」

尾ノ松もまた、一見柔和げな顔つきに陰湿な笑みを浮かべさせた。

福は、おのれの顔を尾ノ松にグイッと近づけさせた。

「何もかも、そのほうのおかげよ。……影の者どもを使役して、さらなる辻斬りを横行させ、その罪を忠長めに押しつける。ククク。先方の手口を逆手《さかて》にとった奇策じゃ。忠長一派め、辻斬りを組織して家光様のお膝元を騒がせんという魂胆であろうが、そうはいかぬ。おのれ自身でおのれの首を締めるがよい」

「江戸で辻斬りを行っておる者どもの背後で、忠長一派が蠢《うごめ》いておることは明白。いずれ証拠も挙がりましょう。さすれば逃れようもございませぬ。忠長の評判は地に落ち、かわって家光様の人気が鰻登りに……」

「ククク。それは楽しみなことよなぁ」

「それには、さらなる辻斬りで江戸市中を騒がせ、市井の者たちを驚怖させねばなりませぬぞ。怨嗟《えんさ》の声が高まれば高まるほど、忠長の痛手は大きくなりましょうからのう」

「もっともっと辻斬りを、か。尾ノ松、そのほう、品のよい顔をして、恐ろしいことを申すことよなぁ」

「それもこれも、家光様の御為《おんため》を思えばこそ。可愛い若君様の御為とあらば、この尾ノ松、鬼とも、蛇とも、畜生とも、なりましょうぞ」

二人の老女は声をひそめて笑い合った。

なんという恐ろしい陰謀であろうか。あの天海をもってしても、鬼女二人の策謀までは読み取ることができなかった。慈母の外面に夜叉のごとき本性を隠し、福は恐ろしい暗殺集団を江戸の町に放ったのだ。

四

それから数日後の夜更け。

渥美屋の近所にそびえる寺院の大屋根の上に、信十郎は一人で寝転がっていた。鞘ごと抜いた金剛盛高を枕にし、悠々と涼風を愉しんでいる。

春の宵。空には半月。雲が風に流されていく。

まだ肌寒い季節だが、信十郎は山で育った野性児だ。畳の上では落ち着かない。さらに言えば、ゴミゴミと立てこんだ江戸の息苦しさは耐え難いものがあった。

そのうえ――。

渥美屋の周囲に怪しい気配を感じてもいた。殺気だった人影が昼となく夜となく徘徊している。

――今夜もいるな。

信十郎は、なにやら嬉しげに微笑した。

下手くそな隠形《おんぎょう》ノ術である。渥美屋の隣家の庭。辻の反対側の二階。すこし離れた裏店。渥美屋を囲《めぐ》って八人ほどの人影を見て取ることができたのだ。

渥美屋を見張っているのが誰なのかはわからぬが、いずれたいした腕ではなかった。その証拠に、毎晩こうして抜け出してきている。信十郎が座敷を抜けたことにすら気づいていない。

もっとも、信十郎が抜け出たことに気づかぬことでは、鬼蜘蛛もまた、同じ失態を犯している。とはいえ鬼蜘蛛は出来た忍びだ。戻るときのほうが難しい。

そんなこんな考えつつ、夜風の心地よさに微睡《まどろ》んでいると、ふと、何者かの気配を感じて目を覚ました。

目を開けると、大屋根の棟の上に女が一人、立っているのが見えた。

白い小袖に緋色の袴。青白い月光を満身に浴びている。透き通るように白い肌が目に沁みた。

キリはゆるゆると歩み寄ってきた。寝ころがる信十郎の横に立つ。いつもながらの無表情だ。ややあって、淡い桃色の唇をポツリと開いた。

「ここで何をしておる」

信十郎は寝返りを打って、キリに背中を向けた。

「見ればわかろう。寝ておるのさ」

キリはしばらく無言でいた。信十郎の背中を見下ろしている。

「皆が、心配するぞ」

「気がつけば、な」

「気がつかぬか」

「これまでのところ、気がついたのはお主《ぬし》だけじゃ」

昨夜も、一昨日の夜も、キリはこの屋根にやってきた。しばらく無言で立ちすくんでから、いずこともなく去って行った。

「座ってよいか」

今夜のキリは立ち去りがたくあるらしい。信十郎に訊ねてきた。

「俺に断るまでもない。寺の屋根だ。……なんなら住職を起こして訊《き》くがいいさ」

柄《がら》にもなく軽口を叩き、信十郎は我ながらハッとした。軽口などは滅多に言わぬ質《たち》である。今夜はいったいどうしたことであろう。

キリは隣に腰を下ろした。

信十郎は、なにやら胸のあたりが騒がしく、とてものこと、寝ていることなどできなくなった。上半身を起こす。と、期せずしてキリと目が合った。キリは、無表情のまま無心に、無遠慮に見つめてくる。その視線が息苦しくてたまらない。

「お主——」

「キリだ」

「うむ。キリ。そなたはその……」

言いかけて、愚かしいことを言って笑われるのではあるまいか、と、信十郎は不安になって口ごもった。

キリはしばらく無言で待っていた。顔色ひとつ変えない。そうとうに忍耐強い性格らしいが、やがて、無表情のままツイと顎を伸ばして促してきた。

「なんだ。言え」

「うむ」

信十郎も覚悟して先をつづけた。

「そなた、この俺を知っておったのではないのか」

キリの睫毛が少し、揺れたように思えた。

「なぜ、そう思う」

「うむ。実は俺は、そなたに昔、会ったことがあるような気がするのだ」

キリの顔色がすこし変わった。信十郎も無遠慮で礼儀知らずなことではキリに負けない。上体をさらに起こすとキリの貌《かお》に、自分の顔を近づけさせた。

キリは、市井の娘らと何も変わらぬ態度で、貌を背《そむ》けさせた。伸びた首筋が信十郎の目の前にあった。白絹の襟もとで、柔肌が絹より鮮やかに輝いていた。

「こちらを向け」

「なぜ」

「思い出すかもしれぬ。いいや、もう、思い出しかけておる」

キリは、切り揃えた前髪の下で、眉をやや顰《ひそ》めさせながら、こちらに貌を向けてきた。信十郎は、片手の指をそっと伸ばした。

淡い唇に触れた。

信十郎は、キリの手が伸びてきて、自分の手を逆手に捩《ねじ》りにくるのではないかと予想していた。だが、案に相違して、キリはなんの抵抗もせず、柔らかな唇に触れさせた。

——この唇……。

この感触に記憶がある。信十郎は確信した。自分はたしかに、この唇を知っている。

下唇の輪郭に沿って、スッと撫でたとき——。

キリがパッと腕を払った。

「もうよせ」

「ああ……。すまん」

「謝るな」

「あ、うう」

なにやら妙な展開になってしまった。キリは無表情のままであったが、心を乱しているのが感じられる。心を激しく乱していることでは、信十郎も同じであった。

「帰る」

緋色の袴姿が立ち上がった。音もなく跳躍し、大屋根の棟を越えて去って行った。

──困ったな……。

どうやら、またしても怒らせてしまったようだ。信十郎はゴロリと横たわった。月を見上げながら、妙な敗北感を嚙みしめる。そうやっているうちに、またしても微睡んでしまった。


ふたたび目を開けたとき、月は西の空に傾いていた。

──怪しい気配だ……。

下の小路を殺気が走り抜けていく。只者の行歩《ぎょうぶ》ではない。特殊な訓練を受けた者に特有の足運びだ。

──忍家か。いや、違うな……。

何者かはわからぬが、鋭い殺気を漲《みなぎ》らせている。足音は複数。前に二人、後ろに四人。

信十郎は気配を殺して下の小路を凝視した。追われる者が姿を見せた。小商人《こあきんど》か職人のような風体だ。手には鳶口《とびぐち》を持っている。二人でもつれ合いながら、必死の形相で走ってきた。

つづいて追う者が姿を見せた。こちらは鈴懸《すずかけ》の上下に結袈裟《ゆいげさ》を着け、頭頂部には兜巾《ときん》、手には錫杖《しやくじよう》を持った山伏姿だ。

——なるほど、盗賊に山伏か……。

どちらも忍家とは似て非なる者たちである。さりながら、どこかしら重なり合っている者たちだった。

信十郎は興味を失った。盗賊と山伏がなにゆえ揉めごとを起こしたのかは知らないが、それは当事者どうしで解決すべき問題だ。あるいは町奉行に任せるべき事柄である。

が。

身を横たえようとした信十郎は、飛び下りていく緋色の袴を発見し、跳ね起きた。

——キリ⁉

帰ると言いつつ、どこかに身を潜めていたのであろうか。小路の揉めごとに気づいて飛び出していった気配である。

——いったい、なにゆえ……。

逃げる盗人は知り人なのであろうか。さらに信十郎を焦燥させたことには——。

渥美屋を囲っていた者たちまでもが、小路へ移動を開始していた。盗人たちの喧騒に気づいたのである。

信十郎はその者たちの正体を悟った。

──武芸者か！

どうりで身を隠すのが下手なわけだ。が、代わりに剣の腕前では、忍びをはるかに凌ぐであろう。その者たちの深意はまったくわからないが、いずれにせよ、盗賊とキリは、前後を囲まれる形となっている。

──いかん！

何が何やら理解できぬままに、信十郎は金剛盛高を引っ掴むと、屋根の勾配を駆け降り、軒の先から飛翔した。参道に植えられた樹の枝を踏む。枝から枝へと飛び移りながら小路を目指した。どうして自分がこの闘争に参加しなければならないのか、それがまったくわからない。ただキリをめがけて飛びつづけていた。

信十郎が小路に降り立つと、盗賊二人がギョッと目を丸くして蹈鞴《たたら》を踏んだ。新たな敵が出現したと誤解したらしい。

キリが黒髪をなびかせながら振り返る。さすがに目つきが険《けわ》しい。切れ長の双眸を顰めさせると、咎めるように信十郎を見た。

「何をしに来た」

「助勢」

信十郎は金剛盛高を腰に差し直した。キリは口惜しげに歯噛みした。

「無用！　去《い》ね！」

「背後の山伏だけではない。渥美屋の周囲に潜んでいた者どもも、すぐここに来る」

盗人たちは、キリと親しげな信十郎に安堵して、今度は無心に縋りついてきた。

「どうか、お助けくださいませ……」

「お主らを助けにきたのではない！」

と、言ってしまってからハッとした。キリが鋭い視線を向けてくる。信十郎としばし無言で見つめ合った。

「無用のことだ」

キリは吐き捨てるように言った。

闇の中から山伏たちが姿を見せた。信十郎らを認めて、ギョッとして立ちどまる。

二人の盗賊を追ったつもりが、敵が四人に増えている。しかもそのうちの一人は夜目にも鮮やかな袴姿の娘だ。

深夜に娘が立っているなど妖しすぎる。忍家でなければ物の怪《け》であろう。

山伏らは戦闘態勢をとった。前に陣取った二人が錫杖《しゃくじょう》をジャラッと突き出してきた。錫杖の先端は尖った槍身になっている。錫杖に似せた手槍の隠し武器であった。

キリは腰帯に手を伸ばした。先日、信十郎に叩き落とされた懐剣を差している。片手でスラリと引き抜くやいなや、スルスルッと見事な足運びで突進した。優雅な行歩は巫女の神楽舞によく似ていた。

キリの接近に山伏らが反応する。キリも信十郎も知らぬことだが、山伏たちは天海が斉藤福に貸し与えた忍びたちだった。ただの山岳宗教者ではない。

先頭の山伏は、頭を剃り上げ、口の周りに髭を生やしている。

「ダァ――ッッ!!」

キリの身体が手槍の間合いに入ると同時に、気合もろとも、錫杖の先を突き出してきた。キリの身体のヘソの下、人間の重心が乗っていて、もっとも避けがたい部位を突いてきた。

が、キリは易々《やすやす》と体《たい》をかわして槍身を逸らした。巫女に似た足運びは変幻自在、咄嗟に体勢を変化させるためのものだったのだ。

突き出された錫杖の内にキリが踏み込んだ。入り身となった白い小袖が、杖のしなりに沿って走った。白い袖が揺らめき、手にした懐剣がギラッと光る。白銀の刃が弧を描いて振り下ろされて、髭の山伏の片腕の筋を断ち切った。

「ぐわっ！」

髭の山伏が激痛に呻いた。握っていた錫杖を取り落とす。

次の瞬間、背後で構えていた別の山伏が錫杖を突き出してきた。総髪をなびかせ、仲間もろともキリを串刺しにしようとした。

キリの下肢が跳ねた。伸びやかな美脚を振り上げて、髭の山伏を雪駄の裏で蹴りつけた。

優美に見えても腰の入った蹴りつけだ。山伏の身体はドオンと跳ねて、後ろの山伏めがけて吹っ飛んだ。

突き出されていた錫杖に、髭の山伏が突き刺さる。後ろの山伏は動揺して杖を放した。

キリの身体が低く沈んだ。前の山伏の身体の下をかいくぐると、後ろの山伏に肉薄した。懐剣がまたしても振り上げられた。

と、そのとき。

闇の中から飛んできた何かが、キリの手首に絡みついた。

「………‼」

キリは視線を闇に凝らした。残り二人の山伏の腕から、走綱《はしりなわ》が伸びている。山伏らが山中を踏破する際に使用される綱だ。今は投げ縄よろしくキリの手首に絡みつき、その自由を奪っていた。

動きのとまったキリをめがけて、総髪の山伏が緑色の唾液を吹きかけてきた。目潰しであろう。キリは咄嗟に跳ねてかわした。

空中で一回転しながら懐剣を振り、走綱を切断しようと試みる。しかし、綱には人毛を縒《よ》り合わせてあるのか、鋭利な刃物でも受けつけなかった。

総髪の山伏が踏み出してくる。柴打《しばうち》と呼ばれる独特の刃物で斬りつけてきた。

キリは小袖の袖口を構えた。袖口からは銀色の針の束が突き出されていた。

そのとき、

「ぐわっ！」

総髪の山伏が悲鳴をあげてのけ反った。胸に深々と短刀が突き刺さっている。

キリは、眉根を顰めて振り返った。短刀を投げたままの格好で、片腕を伸ばした信十郎の姿が見えた。

信十郎は激怒していた。何に対してなのかは、自分でもわからない。襲ってきた山伏が憎いのか、それとも山伏たちを殺そうとするキリが憎いのか。

とにもかくにも、この状況に至ってしまったこと、それ自体が厭《いと》わしかった。

信十郎は走った。一刻も早く、事を終わらせたかったのだ。

腰の金剛盛高を抜刀すると、キリの腕を絡めとっていた綱を斬った。キリの小刀では歯が立たなかった走綱も、信十郎の豪刀には敵わない。張りつめた縄がプツンと斬れて、キリと二人の山伏が同時に背後にのけ反った。

信十郎は左肩に刀を担いで突進した。山伏二人は怖じ気づき、逃走の構えを見せた。その肩口と背中に一太刀ずつ浴びせて、早々に闘争を終結させた。

信十郎は、常にあらざることに、両肩で息をついていた。太刀筋には闇雲に力がこめられていたのであろう、山伏の背に刻まれた傷口は、無残なほどに大きかった。

キリは、スタスタと無表情に歩み寄ってきた。信十郎に身を寄せると、足元に転がった死体を眺め下ろした。それから信十郎を見つめ上げた。

「助勢など無用のことだった。この程度の連中など、何人で襲ってきても怖くない」

それはそうであろう。そんなことは、信十郎だって承知している。

信十郎は不機嫌そうに血振りをした。血糊を懐紙で拭い、キリに背を向けたまま、パチリと鞘に納刀させた。

「お主が人を殺すところを、見たくなかっただけだ」

キリはしばらく無言だった。ややあって、袖口から覗かせたままの針の束を引っ込めた。

「どこまでも憎たらしい男だ」

無表情に呟くと、離れた所で見守っていた盗賊二人に目を向けた。

「別口が来た。去《い》ぬるぞ」

渥美屋の方角から足音が聞こえてくる。キリと盗賊二人は、山伏の死体を踏み越えて走りだした。たちまちのうちに闇に紛れて消えてしまった。

信十郎もともに逃げればよかったのだが、なぜかこのときは、熱い血潮を抑えかねていた。もうひと暴れしたい気分であったのだ。

信十郎は総髪の山伏の胸に刺さった短刀を抜いた。丹念に懐紙で拭いて鞘に納める。

死体の前に立ったまま、無数の足音が近づくのを待った。

五

「こいつぁスゲェや。みぃんな、お前さんが一人で斬ったのかい？」

伝法な江戸弁が聞こえてきた。

いつの間にか夜霧が湧いている。青白い靄《もや》が小路を包んでいた。

靄の中に黒い人影が立っている。全部で八つ。袖を搾《しぼ》った紺地の小袖に袖無し羽織、裁《た》っ着《つ》け袴《ばかま》に革足袋と八目草鞋《やつめわらじ》で足元を固めていた。全員揃って同じ姿である。髷の結い様まで合わせていた。

身長体格の相違はあれど、それぞれに鍛えあげられた肉体である。先頭には二人の男が立っていた。一人は巌《いわお》のような巨漢で、もう一人はすこし小柄で痩せている。とはいえ巨漢に比べればの話で、この男も六尺に近い長身であろう。若々しい体型だ。まだ二十歳にも達していないに違いない。

その若者が口を開いた。

「いいや違うな。今、逃げていった三人がいた。その三人と力を合わせて斬ったのかえ」

自分で発した質問に自分で答える案配だ。シャキシャキとした口調がなにやら無闇に心地いい。

軒の陰から月光が射して、若者の顔を照らした。

片目に眼帯をはめている。面長《おもなが》で眉が濃く、貌の彫りが深い。鳶《とび》色の虹彩《こうさい》が特徴的だ。薄い唇をニヤリと笑ませている。人懐《なつ》こいというのか、人を食ったようなというのか、とにかく奇妙で、一種幻惑的な美丈夫であった。

信十郎は無言で若者と、その背後の七人と対峙した。殺気は、伝わってくるような、こないような。この状況で殺気を潜めることができるのであれば、それは相当の遣《つか》い手であろう。

隻眼の若者は、信十郎を繁々と眺め、それから嬉しくて仕方がない、という調子で破顔した。

「ああ、なんだろうな、ゾクゾクする。お前さんを見ているとゾクゾクするぜ。こんななぁ生まれて初めてだ」

無邪気に微笑みながらも、腰は無意識に沈んでいく。今にも抜き打ちに斬りつけてこようかという身構えだ。

「若様」

若者の背後から巨漢が声をかけた。

「なんだ又右衛門《またえもん》」

又右衛門と呼ばれた巨漢は、こんな状況で本名を出されたことにムッとしつつも、若者の耳元に囁きかけた。

「事を荒立てるのは無用のこと――。殿様にそう言いつけられたはずですぞ」

「父か……」

若者はちょっと小癪《こしゃく》げに薄い唇の端をよじらせた。だが。

「言いつけられたのはお前たちで、俺は何も聞いてねェよ」

「それは屁理屈ってやつです。我らに勝手についてきて、何を仰いますか」

「なんにしろ、事を荒立てていけねェのは、渥美屋に対してであろうが。……見ろ。こやつはただの辻斬りだ。俺がぶった斬っても故障はこねェよ」

信十郎が、その渥美屋の『客』だと知ったら、若者はどんな反応を示すのであろうか。すこし興味はあったが、今はそれよりも、若者の剣技のほうに心を惹かれた。

若者は信十郎を強敵と見て、ムラムラと闘志を湧き立たせている。信十郎もまた、闘志を抑えかねていた。キリとの関係が変な具合にこじれてしまい、自分の心を持て余していた。この若者には悪いが、憂《うさ》を晴らすため一暴れしたくてたまらなかったのだ。

信十郎は金剛盛高をスラリと抜いた。今夜は居合は使わない。抜き身の刀におのれの闘気を宿らせた。

「オゥ、やるかい」

若者も嬉しげに反応した。隻眼でニヤリと笑う。見事な太刀捌きで剣を抜いた。青白い鋼が月光を受けて鈍く光った。

「新陰流、柳生十兵衛《やぎゅうじゅうべえ》」

衒《てら》いもなく名乗りをあげる。

「ほんで、お前さんは」

せっかちな性格のようだ。


——こいつが柳生の若大将か。

信十郎は若者の顔を見つめた。

柳生十兵衛の剣名は、このところ急速に高まっている。剣の腕では父、宗矩をはるかにしのぎ、尾張柳生総帥の、柳生兵庫介《ひょうごのすけ》に迫ると噂されていた。

実はこの十兵衛、柳生新陰流の完成者でもある祖父、石舟斎《せきしゅうさい》の逝去直後に誕生した。ゆえに、石舟斎の生まれ変わりと目されて、後生大事に育てられてきた。周囲の期待に違《たが》わぬ才気を見せて成長し、今は家光の小姓として近仕している。江戸柳生期待の星であった。

信十郎は剣を右肩に担いで、切っ先を高々と掲げた。

「ほぅ」

十兵衛が目を丸くする。

「そりゃあ『甲段《こうだん》の構え』だね。するってぇと『タイ捨流《しゃ》』か。お前さん、九州のお人だね」

「いかにも。肥後からまいった」

信十郎が答えると同時に、又右衛門が「あッ」と叫んだ。信十郎の正体に気づいたのだ。

「若様！　なりませぬ！」

と、又右衛門が叫ぶと同時に、二人の剣士は一気に足を踏み出していた。

「イャアアアアッッ」

十兵衛が『唱歌』する。裂帛の気合が大気を鋭く切り裂いた。信十郎はそれにかまわず、『衣紋《えもん》』に太刀を振り下ろした。一瞬、神韻縹渺《しんいんひょうびょう》たる肥後人吉《ひとよし》の山気を感じた。

「うおっ!?」

十兵衛がうめき声をあげた。信十郎の切っ先が十兵衛の襟を裂き、肉までをも切り裂いたのだ。一方、十兵衛の突きは虚しく宙を斬っている。信十郎の身体は脇に逸れていた。

「でやっ!」

すかさず二の太刀で追い打ちをかけたが、そのときはもう、信十郎は、間合いの外へ去っていた。

――まさか!

十兵衛はおのれの胸元に手のひらを当てた。血がべったりと付着する。深くはないが、たしかに我が身を斬られていた。

――俺の『水月《すいげつ》』が!

十兵衛は愕然とする。

水面に月影が映るがごとく、相手の剣気を察して発する。いわゆる『後《ご》の先《せん》を取る』。それが水月である。

構えとは、すなわち防御を固めた姿勢であり、名人による磐石の構えを真っ正面から破ることなど不可能に近い。こちらもまた名人で、互いに構え合った場合、どちらも身動きができなくなる。『先に動いたほうが負ける』という状況になるからだ。

それをあえて、無防備に構えて相手を誘い、相手に先に激発させて、後の先を取って斬りつける。斬り込んでくる相手の構えは解けている。すでに隙をさらしているのだ。そこを無心に斬り込んで倒す。それが新陰流の流儀であった。

無論、こちらもただではすまない。『肉を斬らせて骨を断つ』という言葉は広く世に知られている。我が身の犠牲をも顧《かえり》みない剣法なのだ。

だが――。

たしかに、信十郎は誘いに乗った。十兵衛は我が身の肉を斬らせた。だが、十兵衛の剣は、信十郎の骨を断つことができなかった。斬られ損の完敗である。

「若様！」

柳生の門弟たちが駆け寄ってくる。大切な若君の窮地と見ては放っておけない。

「寄るんじゃねぇ！」

十兵衛は叱責した。

「俺の勝負だぜ」

信十郎は、と目をやると、彼は二間ほど先で跳ねていた。スラリと伸びた肉体が嫌になるほど華麗であった。

「まるで天狗だぜ……」

十兵衛の呟きが聞こえたのか、信十郎はコクリと頷いた。

「いかにも。俺は、山の天狗様に剣の手ほどきを受けたのだ」

「天狗？　なにもんだえ、そいつは」

「天狗は天狗だ。――だが、里にあったときの名を、教えてもらったことがある。たしか、丸目蔵人佐《まるめくらんどのすけ》……」

またしても柳生の門弟がどよめいた。十兵衛が苦々しげに吐き捨てた。

「あの仙人ジジイめ、まだ生きていやがったのか！」

よりにもよって丸目蔵人佐の直弟子とは。十兵衛だけでなく、柳生の全員が凍りついた。


丸目蔵人佐長恵《ながよし》とは何者なのか。それを説明するにはまず、上泉伊勢守信綱《かみいずみいせのかみのぶつな》について語らねばならない。

上泉伊勢守は新陰流の開祖である。上野国箕輪《こうずけみのわ》の国侍、長野業正《ながのなりまさ》・業盛《なりもり》父子に仕えた武士であった。武田信玄の侵攻を支えかね、箕輪の城が落ちると、信玄の招聘を断って廻国修行の旅に出た。

各地で多くの門弟を抱え、新陰流を伝えた。その中でも二人の高弟にのみ、流儀裏太刀、すなわち秘剣、を伝えたといわれている。

そのひとりが柳生石舟斎であり、もう一人が丸目蔵人佐であった。

丸目蔵人佐は肥後人吉の土豪、相良《さがら》家の家臣でもあった。伊勢守が足利義輝《よしてる》の御前にて兵法を進講した際、伊勢守の振るう形の『打太刀《うちたち》』に選ばれている。すなわち一番弟子であろう。

伊勢守亡きあとは肥後人吉の領地に戻り、相良家の家臣として出仕しながら、自ら兵法を研鑽した。かくして生まれたのが『タイ捨流』である。

一方で蔵人佐は、相良家の忍家の頭領でもあった。忍者であると同時に剣客だったのだ。そうとうに変わった男である。蔵人佐がいるかぎり、島津、大友、龍造寺《りゅうぞうじ》など、九州を三分する大大名家の忍び衆も、けっして相良領には足を踏み入れることができなかった。発見されるやいなや一刀のもとに斬り殺されてしまうのだ。まさに九州随一の忍家であった。

その蔵人佐と江戸柳生との邂逅は一度きりだが、いささか滑稽な顛末となった。

ある日、フラリと柳生の稽古場を訪れた蔵人佐は、いきなり当主の宗矩に勝負を申し入れてきた。すでに七十を超えた姿。白髪の老人である。

が。眼光はあくまでも鋭い。立ち居振る舞いには微塵の隙も感じられない。まだまだこれから剣の円熟期に向かおうかという気迫である。

宗矩は困惑した。

宗矩の本分は『政治家』である。のちに家光をして、『政治はすべて爺（宗矩）に教わった』と言わしめたほどの傑物だ。

宗矩にとっては『将軍家剣術指南役』という肩書も、政治的な意味あいが重視されていた。実際に剣が強いかどうかは二の次なのだ。で、あるからして、あくまでも剣の高みを目指す『剣術仙人』の来訪など、迷惑以外のなにものでもなかった。

とにもかくにも宗矩は一計を案じた。蔵人佐が石舟斎とは同門、兄弟弟子であることに目をつけて、柳生の高弟に『稽古をつける』ことを依頼したのだ。

柳生道場は荒稽古で知られている。次々と高弟をぶつけていけば、相手は老人。いつかは体力の限界に達するであろう。そこですかさず試合を挑んで倒せばよい。卑怯と言われようが、それもまた『兵法』だ。負けた者に文句を言える筋合いはないのである。

蔵人佐は、宗矩の目論見《もくろみ》を知ってか知らずか、気さくな態度で快諾した。かくして江戸柳生の誇る高弟たちとの手合わせが始まったのだが――。

上座で見守る宗矩の顔色は、ますます青黒く変色してきた。

宗矩を相手にしても、数本に一本は、たまさかに取る高弟たちである。それが丸目蔵人佐を相手にしてはまったく歯が立たず、入門したての新弟子のように、軽くあしらわれてしまったのだ。

しかも蔵人佐の体力は衰えることを知らず、稽古が進むにつれてますます意気軒昂、肉体の張りまで漲《みなぎ》ってきたではないか。

これではどうにもならぬ。宗矩は完全に窮した。江戸柳生始まって以来の恥辱である。将軍家剣術指南役として、あってはならないことだった。

蔵人佐は、フラリと雪隠《せっちん》にでも立つような素振りで稽古場を出て行った。そして二度と戻らなかった。宗矩の殺意を見抜き、暗殺を避けたようにも思えた。九州随一の忍家を追える者などいない。徹頭徹尾、コケにされた格好で終わったのだ。

相良家に戻った蔵人佐は隠居生活に入った。肥後の山中で、仙人とも、天狗ともつかぬ生活を始めた。信十郎が蔵人佐と出会ったのはこの頃である。木々のあいだを飛翔する老人に追いすがり、何度も杖で打ち落とされながら、タイ捨流とその裏太刀を学び取っていったのだった。

信十郎は、丸目蔵人佐長恵の、最後の直弟子であったのである。

「こいつァ、どうあっても、仕留めなくちゃならねぇ」

十兵衛は薄い唇を歪めて呟いた。

天下の柳生が、丸目の師弟に親子して辱《はずかし》められるわけにはいかない。

――親父は負けたかしれねぇが、俺は負けねぇぜ！

こうなればもはや『活人剣』だの『肉を斬らせて骨を断つ』だの、聞こえのよいことを言ってはいられない。『骨を斬らせて命を断つ』の覚悟で迫らねばならぬ。

十兵衛は命を捨てた。

「イャアアアアッッ!!」

渾身の力をこめて唱歌する。命のすべてをこの瞬間に燃え尽きさせねばならなかった。

信十郎は、十兵衛の気迫に驚かされた。

先ほどまでは猪口才《ちよこざい》に身構えて、全身に慢心を滲ませていた。その若者が、今や捨て身の覚悟を固めている。不惜身命《ふしやくしんみよう》というべきか。

男がひとたびこの精神状態に突入すると、たとえその男が普段はどれほどの弱虫であったとしても、それは恐るべき『兵《つわもの》』と化す。一揆の農民に武士の歴々が倒されてしまうのはこのためだ。

しかも十兵衛はただでさえ強い。増長天狗が心を入れ替え、真摯に剣を振り下ろすとき、それはどれほどの力を発揮することであろうか。

信十郎もまた、瞬時に一命を投げ出した。ふたたび高々と剣を担いで甲段の構えを取る。十兵衛が後の先を合わせるのなら、こちらはただ、一刀のもとに斬り捨てるまでのことだ。


だが――。二人が間合いを踏み越えようとした、まさにそのとき、

「おやめ」

凛とした美声が耳朶《じだ》に響いた。信十郎と十兵衛は、ビクッと背筋を震わせて、同時に背後に飛び退いた。なにやら、悪童二人が叱られたような姿であった。

信十郎と十兵衛は、声のしたほうに視線を向けた。闇の中から緋色の袴が歩み出てきた。

十兵衛は、隻眼を丸くさせた。

「キ、キリ姉《ね》ぇ、じゃねぇか」

闇の中で青白い美貌が十兵衛を睨みつけている。……信十郎と対決しているときよ

りはるかに怖い。十兵衛はゾクッと背筋を震わせた。

キリは、無言で二人を睨みつけた。信十郎は、十兵衛の闘志が萎《な》えたのを見て取って、己《おの》が刀を納めた。

今度は又右衛門が歩み寄ってきて、十兵衛の腕を抑えた。力士のような巨漢だ。十兵衛の腕はピクリとも動かなくなった。

「今宵はここまで。よろしいですな」

十兵衛は、又右衛門と信十郎と、キリの顔を相次いで見た。

「キリ姉ぇ、どうしてここに？　その男は、キリ姉ぇのなんなんだい」

キリは答えない。代わりに又右衛門が十兵衛の耳元で囁いた。

「お父上様がお教えくださいますでしょう。ささ、我らも疾《と》く、退きまするぞ」

又右衛門を見上げた十兵衛が、ふたたび視線を戻したとき、もうキリと信十郎の姿は闇に消えていた。

十兵衛は狐に化かされたような心地で、いつまでも小路に立ち尽くしていた。

第三章　記憶

一

「どこへ行っておったんや!?」

早朝、信十郎が渥美屋の座敷に戻ると、鬼蜘蛛が座敷の真ん中にドッカと胡座《あぐら》をかいて待ち構えていた。

信十郎は、障子を開けた格好で立ち止まった。なんと返答したらいいのかわからず、口ごもる。

「ま、まぁ、ちょっとな。よいではないか、俺がどこへ行こうと……」

座敷に入り、鬼蜘蛛の前を横切り、刀を鞘ごと抜いて、床の刀掛けに置こうとした。

と、鬼蜘蛛がズイッと膝を滑らせて寄ってきた。信十郎の袖を握りしめた。

「いいことあらへん！　わしは信十郎の護り忍びや！　信十郎がどこへ行くときも一緒や！　たとえそれが二度と戻れぬ死の旅路であろうともな！」

と、大げさに訴えてきた。しかも突然、ポロポロと涙を零して、ついには大声で号泣しはじめる。顔面をクシャクシャにさせ、両目から滂沱《ぼうだ》の涙を流し、のみならず鼻水まで垂らさせた。

「信十郎に万が一のことがあれば、わしは、わしは！　大長老様になんとお詫びすればいいものやらわからん！　死んでも償いきれぬわ！」

正直、鬱陶しいことこのうえもない。

「大丈夫だよ。ほら、このとおり、なんともない」

信十郎は両腕を広げ、元気な様子を見せてやった。

柳生の若当主と斬り合いをしてきた、などと知ったら、鬼蜘蛛はどんな狂態を示すことであろうか。想像するだにおぞましい。ここは、何がなんでもシラを切りとおすしかなさそうだ。

と、鬼蜘蛛は、何を思ったが、信十郎の着物に両手で縋りついてきた。

「おなごか!?　あのおなごか!?　あのおなごと一緒だったんやろ！」

あのおなご、とは、キリのことであろう。クンクンと信十郎の着物に鼻を押しつけて、犬のように臭いを嗅ぎ回っている。女の肌の移り香や、白粉《おしろい》の匂いでも探っているのか。

「やめろ鬼蜘蛛、ひとが見たら誤解するぞ」

嫉妬に狂う念友《ねんゆう》（ホモセクシャル）のような浅ましき姿だ。

信十郎は、半ば自棄糞《やけくそ》で答えた。

「そうだよ。昨夜は、あの女と一緒だったんだ」

謎の山伏や柳生十兵衛と斬り合った、と知られるよりはましであろう。それに事実、キリとはずっと一緒だったのだから嘘ではない。

しかし。

「なんやて！」

鬼蜘蛛はますます悩乱、興奮、絶望し、信十郎の袖といわず袴といわず、グシャグシャになるまで握りしめてはブンブンと揺さぶった。

「江戸に出てきて間もないっちゅうのに、どこの馬の骨とも知れぬおなごと、早くもくっついてしもうたんか！　大長老様になんと言って詫びたらいいかわからん！　このわしがついていながら、なんということや！　うおおお〜〜〜〜ん!!」

信十郎はどう対処すればいいのかまったくわからず、鬼蜘蛛に泣きつかれたまま、ただただ困惑顔で突っ立っていた。

二

その日の午後、信十郎は鳶澤甚内に誘われて、浅草にある鳶澤の寮（別邸）を訪れた。

浅草という地は、家康が関東に入府する以前には、関東有数の大湊《たいしん》であったらしい。しかし、日比谷入り江が埋め立てられ、京橋などの新開地が開削されると、街の繁栄はそちらへ移り、浅草は江戸湾の『奥地』になってしまった。

その浅草は今、大工事の真っ只中である。

江戸の洪水を防ぐため、平川、小石川、石神井《しゃくじい》川の開削路が切られ、浅草から隅田川へ水流を逃がすのである。天下普請で動員された大名たちが、忙しく立ち働いていた。

浅草外れの湊の近くに、鳶澤甚内の寮はあった。

古着屋としての鳶澤の本拠は尾張町にある。尾張町から浅草では、すこしばかり離れているように思えるが、東国への通商路を確保するためには、隅田川河口の湊が必要なのであろう。

信十郎は、寮の構えを一目見るなり、唸った。

鬼蜘蛛も感心している。

「まるで砦のようでんな」

屋敷を囲う塀の外には広い船入堀が掘られてあり、外界とは完全に遮断されていた。四隅に蔵が建てられているが、それらの蔵は非常時には弓矢や鉄砲を放つ櫓と化すのであろう。

信十郎と鬼蜘蛛は寮の正門に足を向けた。

豪商らしく贅を尽くした構えで、敷地も奥へと広い造りだ。表屋敷から奥に通じる庭園も、一見ただの庭のようでありながら、築山や庭石などが巧妙に配置されている。侵入してきた曲者を迎え撃つための陣地に違いない。

――鳶澤甚内という男、ただの商人ではないな……。

信十郎は実感した。

もっとも、屋敷の構えなど見るまでもない。ただの商人であれば、肥後から出てきた流れ者（ということになっている）の信十郎などに興味を示したりはしないだろう。信十郎の正体をある程度察知しているからこそ、呼び出したのだ。

——おそらく、江戸でも有数の忍家だな。

渥美屋で紹介された際も尋常ではない雰囲気をたたえていたし、信十郎を観察する目つきも鋭かった。

「剣呑なお屋敷でんな」

「ま、どうにかなるだろう」

信十郎は呑気に答えた。

鳶澤甚内の人物は、渥美屋庄左衛門が請け負ってくれた。万にひとつも間違いはあるまい——とはいうものの、その渥美屋が何者であるのかいまいちはっきりしないのだから話にならない。なんとも奇妙な成り行きだ。

××亭と扁額《へんがく》の掛かった建物に向かう。特殊な字體《じたい》で読み取れない。玄関で訪《おとな》いを告げると、鳶澤の家の者が出てきて奥へと案内してくれた。

控えの客間に、ひとまずは通された。

「おっ……」

信十郎は完全に意表を衝かれた。なんと、キリと、渥美屋の女房、志づが先客として座っていたのだ。

信十郎はキリの姿に目を奪われた。今日のキリは華やかな小袖を身に纏《まと》っている。

絞り染めで花鳥を染め分けた美しい意匠だ。慶長の終わり頃から若い娘のあいだで流行しだした絵柄である。愛らしいことこのうえもない。

信十郎は、言葉を失い、キリを呆然と見つめた。

キリは、いつもの無表情で信十郎を見つめ返してきた。

「何をぼんやりと見ている」

「い、いや、別に……」

横あいで志づがクスクスと忍び笑いを漏らした。

「よろしゅうおましたなァ姫様。信十郎様が、姫様に見とれておいでどすえ」

海千山千の京女にかかれば、信十郎もキリも形なしである。二人揃って顔を真っ赤にさせてしまった。

その後ろでは鬼蜘蛛が、今にも狂いだしそうに憤《いきどお》っている。

信十郎とキリは奥の座敷に通された。一番の上座に席が用意されている。床の障壁画も手の込んだ造りだ。さぞや名のある絵師の手による仕事であろう。

そんな豪華な席に座るように促され、信十郎はすこし、居心地の悪さを感じた。しかも隣にはキリの席が並べられている。新郎新婦でもあるまいし、男女が席を並べるのは変なのではあるまいか。

　カラリと襖が開いて鳶澤甚内が入ってきた。下座で深々と挨拶をよこした。それから二人を嬉しげに眺めて「まるでお内裏様とお雛様ですな」と、軽口をたたいた。

　下女らが膳を運んでくる。甚内は膝を進めて信十郎に酌をした。

「どうぞ、ご一献」

　なぜこんな歓待を受けねばならぬのかがわからない。酒にも盃にも怪しい気配はまったくない。――野山で薬草毒草を嗅ぎ分けながら育った信十郎は、わずかな毒でも鼻と舌で察知する特技があった。

　グイッと干すと、改めて甚内が平伏してきた。

「このたびは、我が手の者どもをお助けくださいまして、まことにかたじけのうございました。この甚内、これこのとおり、篤《あつ》く御礼申し上げまする」

　畳に額を押しつけたまま顔を上げようとしない甚内に、どう返答していいのかわからず、横のキリをチラリと見た。

　キリは、ポツリと口を開いた。

「昨夜の二人のことを言っているのだ。あれらは甚内殿の配下だった」

「あの盗賊が？」

と、おもわず信十郎は失言した。キリは首を横に振った。

「盗賊ではない。あれでも関東の乱破《らっぱ》の裔《すえ》だ」

甚内もようやく顔を上げる。

「左様、関東の乱破者でございまする」

信十郎はすこし、首をひねった。

「関東の乱破、と申せば、風魔《ふうま》ですな」

甚内は嬉しげに破顔して膝を打った。

「左様で。その風魔」

風魔は相州《そうしゅう》小田原《おだわら》北条《ほうじょう》家に仕えた忍びの集団である。武田、今川、上杉、佐竹など、北条家の宿敵を相手に八面六臂《ぴ》の大活躍をしたが、北条家が豊臣秀吉に滅亡させられるのと同時に、この世から消えていなくなった。

むろん、霞や霧ではないのであるから、生きている人間やその血族集団が消失することなどありえない。忍家としての活動をやめて、それぞれ気儘《まま》に特技を活かし、猟師になったり、商人になったり、樵《きこり》になったり、盗賊になったりしたのである。

というような説明を、甚内から聞かされた。

「では、昨夜の盗賊……に見えた者も、風魔忍軍の一員、ということですか」

「左様です。我らの身内です。それゆえに、こうしてお礼を差し上げようと……」

クドクドしい甚内の、皮膚の厚い顔を見つめながら、信十郎はボソッと呟いた。

「あなたが風魔ノ小太郎《こたろう》なのですか」

東国一と称された伝説の忍家の名だ。代々『小太郎』を襲名し、北条家五代に仕えてきた。

すると甚内は、両手を広げて遮った。

「滅相もございませぬ。わたくしなどは小太郎様の足元にも及ばぬ下忍。……たしかに、小太郎様の亡きあとは、こうして風魔の束ねを仰せつかってはおりますが、小太郎様の威風には遠く及ばぬ小者でございます」

衒《てら》いのない慌てぶりから察するに、嘘をついているわけでもなさそうだ。

それに、もし小太郎が健在ならば、その動向は何かしら聞こえてくるものがあろう。忍家の世界は裏で繫がっているのだ。

「それでも、風魔の頭目が、あなたであることには違いない」

甚内は、懐から懐紙を出して額の汗を拭った。

「力足らずにはございまするが、神君家康公のご命令でございまして。お断りするわけにも参らず、憚《はばか》りながら、束ねを務めさせていただいております」

家康が東国に入府したとき、関東一帯は北条家の滅亡による混乱で、無政府状態に陥っていた。ほかならぬ風魔が今日を生き抜くため、追剝や強盗を働いていたのだ。事態を憂慮した家康は、新領主の威信を賭けて盗賊狩りを行った。北条家あらばこそ無敵の忍家として武名を誇れた風魔軍団も、今では寄る辺もない盗賊集団である。しかも徳川には伊賀と甲賀の精鋭が仕えていた。

小太郎家は死闘の末に攻め滅ぼされた。風魔の残党は追い詰められ、捕縛された。家康は、風魔の残党に、徳川の敵として打ち首となるか、それとも今後は徳川に仕えるか、の二者択一を求めてきた。

風魔の乱破たちは、同じ忍びの伊賀者や甲賀衆らが、徳川家中で厚遇されているのを目撃していた。

もともと風魔はおのれの技術を売って暮らす異能者である。二つ返事で降伏し、その後は徳川の隠し目付として、関東の統治を社会の裏から支えた。

それが古着屋の元締、鳶澤甚内の正体なのであった。

甚内配下の古着商たちは、残らず風魔の乱破なのだ。天秤棒を担ぎ、古着の売り買いをしながら市中を回り、素性怪しき者どもを狩りたてていた。

「という次第でございます」

甚内は汗顔を拭いながら語り終えた。

「小太郎様のみならず、風魔の頭目はほとんど死に絶えておりましてな、それでこの甚内めに束ね役が回ってきたような次第で……」

しきりに謙遜しているが、風魔たちをしかと抑えているのは事実である。最初はどうあれ、今では歴とした風魔の頭領であろう。

「そこまではわかりました。昨夜の乱破者も、甚内殿のご下命を受けて、何事かを探っておったわけですな」

甚内は、照れ笑いをひそめて、急に真顔に戻った。

「左様です。我らは幕閣の〝さるところ〟からお指図を受けております。辻斬りどもを取り締まれ、とのご下命でございました」

「なるほど」

「ところが、それが、どうにもおかしい」

「と、申されると」

「なにやら、謀略のにおいがする。どこぞの何者かが、故意に辻斬りを組織して、江戸市中に放っておるような気配なのです」

さもありなん、である。江戸にはさまざまな野心や憎悪が渦巻いている。

「浪人衆がたむろしていそうな悪所に密偵を放ちましたところ、あのような山伏どもが釣り出されてきて、そればかりか、我らの密偵を始末にかかった、という次第で」

「しかし……、そのような話をわたしになさって、なんとなさる」

信十郎が質すと、甚内は太い眉を八の字にさせて恐縮した。

「いや、あなた様が我らの手下《てか》をお助けくださったと聞き及びまして、無関係な信十郎様を、とんだことに巻き込んでしまいましたなぁ、と思いましてな。それでせめて、事情だけでもお教えしたほうがよろしかろう、と」

「わたしは別に、あの者たちを助けようとしたわけでは――」

と言いかけて、昨夜の失態を思い出した。

信十郎は横目でちらっとキリを見た。そしておもわず愕然とした。

酒豪である。大盃の手酌でグイグイと呑んでいる。膳の肴も平らげて、魚は骨だけになっていた。

「と、とにかく、斟酌《しんしゃく》はご無用に願いたい」

信十郎は盃を干した。

三

「どう思うな？」

信十郎とキリが辞去したあと、夕闇の濃い座敷の奥で、鳶澤甚内は志づに訊ねた。

「喰えぬ男」

志づはポツッと答えた。

甚内は、志づの瞳が怪しく潤んでいるのを見て取った。口元がうっすらと艶笑している。信十郎を想い、身体の芯を火照《ほて》らせているようだ。

――こやつ、年甲斐もなく、あの若造に惚れおったか。

心の中で舌打ちする。が、気持ちはわからぬでもない。男の目で見ても、男惚れのする好漢だった。

「我らのほうに引き込むことはできぬかな」

すると、志づがまっすぐこちらを見つめてきた。

「兄さん、あの男が気に入りおしたんどすか？」

「いいや。しかし、敵に回すとやっかいだ。そんな気がする」

「ふぅん」

甚内は、妹の顔をジロリと睨んだ。

「色仕掛けで落とせぬかな」

「無理」

即座に断言され、少し鼻白む。

「なぜだ」

志づは遠くの夕景を眺めた。

「伊達《だて》に京都の柳町で、太夫を張ってきたのとは違いますえ」

風魔は京畿の情報を探るため、一族の娘を京に遊女として送り込んでいた。志づもその一人であった。

「数えきれない男をこの目で見てきましたのや。あれは、女にどうこうできる男とは違います」

「そうか」

「それに兄さん、女に溺れて、女の言いなりになる程度の男なら、わざわざ味方に引き入れる甲斐もないですやろ」

「それもそうだ」

甚内は飲み残しの酒をあおった。妹がそっと注いでくれた。

「庄左衛門《うちのひと》に任せといたら、よろしいのと違います？」

「伊賀者など信用できるか」

志づはケラケラと笑った。

「うちを伊賀者に縁づけておいて、よく言いますなぁ」

「仕方があるまい。風魔は一度は滅びた家だ。再興するには伊賀者の援助がいる」

ギラリと何かを、睨みつけた。

「坂東の天地は我ら坂東乱破のものぞ。上方者《かみがた》の好き勝手にされてたまるか」

「うちは、今のままでも結構幸せどすけどなぁ」

甚内は沈思した。

そうだ。みんな幸せを求めている。しかし、この世のすべての人間を幸せにしてやれるほど、幸せの量は多くない。

四

柳生宗矩の屋敷は八代洲河岸《やよすがし》に面した武家地にあった。

門構えは普通の旗本屋敷と変わらない。が、柳生の屋敷には常に無数の門人たちが出入りしていた。屋敷内に新陰流の稽古場があったためだ。徳川家剣術指南役であるからには、旗本・御家人の門人たちを教授しなければならない。さらには他国の藩邸からも、指南を求めて藩士が押しかけてきていた。

そんな門人たちでごった返すなか、騎馬にて帰宅してきた宗矩が、馬を乗り捨てるやいなや、奥の屋敷に駆け込んでいった。

「十兵衛！」

ドスドスと足音も高く縁側を走り、息子の座敷の障子を開ける。布団に横たえられた息子の身体を見下ろした。

十兵衛は、上半身裸で横たわっていた。胸には晒《さらし》が襷《たすき》に巻かれている。血はすでに止まっているようだが、血の臭いが濃い。顔は青白く痩せていた。

「十兵衛！」

枕元に駆け寄り、ガバッと両膝をついた。息子は、うっすらと片目を開けた。

悄然たるありさまだ。我が子ながら、こんなに惨めな姿は見たことがない。

宗矩は下の座敷に控える又右衛門をギロリと見た。

「荒木！」

又右衛門は、相撲取りのような巨体を小さく丸めて恐縮した。

「それほどに悪いのか」

息子の怪我は、命に関わるほどなのだろうか。

すると又右衛門は、大きな顔を小さく振った。

「お怪我は、ほんの掠《かす》り傷です。が、お帰りからずっとこのありさまで」

「傷口から悪い毒でも入ったか」

「いいえ、それも違います――」

そのとき、十兵衛がか細い声を漏らした。

「父上……」

宗矩はバッと振り返って息子を見た。

「あの者は、いったい何者なのですか……。丸目蔵人佐の弟子だと名乗りました」

宗矩はふたたび又右衛門を睨みつけた。

「斬り合った、と申すのは、あの者か!?　十兵衛は、あの者と斬り合ったのか!?」

「申し訳ございませぬ!!」

又右衛門が平伏する。

「十兵衛!!」

城から戻るまでのあいだ、いかに我が子を叱りつけてくれようか、と、何度も頭で反芻した。江戸柳生の次期当主であり、三代将軍となられる家光公の小姓なのだ。その大切な身でありながら、軽々に夜道を出歩き、刃傷ざたに及ぶとは何事か。

だが——。

宗矩はグッと言葉を呑み込んだ。息子は眼を見開いたまま、滂沱の涙を流していた。あの増長天狗が、父親の手にもおえない暴れ馬が、口惜しさに身体を震わせ、天井を睨んで泣いていた。

「十兵衛……」

叱りつける気力も萎えた。誰よりも十兵衛自身が煩悶している。自分自身で我が身を責めているのだ。もはや父親が叱るまでもない——ように思えた。

「身に沁みてわかったであろう。世の中は広い。思いもよらぬ名人達者が、いたるところにおるのだ。天狗の鼻もへし折られ、どうやら人並になったようじゃの。そのほうは江戸柳生の当主となる身。これをよい薬にして、これからは謙虚に、真摯に、稽古に励むがよいぞ」

皮肉たっぷりで辛辣な言葉の数々だが、宗矩なりに、精一杯の優しさをこめて諭した。こんな宗矩も常にないことではある。

しかし、

「父上！」

十兵衛の目が、ギラッと光って父親を見た。鳶色の虹彩が妖しい。まさに天狗のような、異形異類《いぎょういるい》を思わせた。

「それがし、身体が回復し次第、あの者を追いまする。お城に、お暇伺《ひまうかが》いを出してくだされ」

「な、何を申すか!? お暇伺い、だと!?」

つまり、お勤めを返上する、ということではないか。

「馬鹿な！」

十兵衛は家光の小姓なのである。家光が将軍に就任すれば、ともに出世し、いずれは幕閣の重鎮となる身だ。若年寄、老中になるのも夢ではない。

――こやつ、この父の苦労を、父の思いを、何一つとしてわかっておらぬ！

十兵衛を小姓に据えるのに、どれほど苦労させられたことか。苦労の甲斐あって小姓に就任、あとは伜の出世の様でも眺めて老後の楽しみにすべし、と思っていたのになんたることか。

「この大たわけが!」

しかし、十兵衛は、頑として我意を主張した。脱力して横たわっているにもかかわらず、途轍もない精神力だ。

「あの者は丸目蔵人佐の弟子にございまするぞ！　この十兵衛が倒さずして、誰が倒せましょう。十兵衛が勝たずば、父上のご無念を晴らすこと、叶いませぬ！」

「馬鹿な馬鹿な!!」

たしかにあの者は丸目蔵人佐の弟子である。そんなことは百も承知だ。だが、あの者は、ただの剣客などではない。下手すれば、徳川の治世をひっくり返すかもしれぬ、それほどの力を秘めた、日本一の炸裂弾なのだ。

「十兵衛!!　しかと申しつける！　そのほうは家光様の小姓！　ただひたすらに家光様にお仕えせよ！　それ以外のことは何も考えるな!!」

しかし、宗矩にとって不幸なことに、彼の息子は父親に叱られて、素直に従う男ではなかった。

「丸目の師弟を放置しておいてよろしいのか！　父上はそこまで臆病者か!!」

「何を申すか、この黄嘴児《こうこうじ》めが!!」

宗矩は唇をパクパクさせた。言いたいことは山ほどあれど、舌がもつれて出てこない。

それに、我が子にこの問題を説明するには、あまりに時間が足りなさすぎた。

「父の言いつけが聞けぬとあれば廃嫡ぞ！　新陰流も破門してつかわす‼」

十兵衛はハッと顔色を変えた。満面に怒りを滲ませ、己《おの》が父親を睨みつけた。

宗矩も睨み返す。江戸を代表する剣客二人の睨み合いだ。障子の桟がガタガタと震えた。

「フンッ！」

鼻息を一つ漏らすと宗矩は、障子を蹴破るようにして出て行った。

顔を合わせるたびに角を突き合わせることとなる父子である。なんという悲しい宿命なのであろう。

五

信十郎はいつもの大屋根に寝ころんでいた。

鬼蜘蛛は渥美屋の座敷で昏睡している。信十郎に眠り薬を嗅がされたのだ。むろん、鬼蜘蛛とて並みの忍びではない。用心に用心を重ねている。だが、信十郎は子供の頃から鬼蜘蛛をよく知っていた。細かな癖まで知り尽くしている。鬼蜘蛛の無意識の動作を逆手にとって、眠り薬を嗅がせることに成功したのだ。

——鬼蜘蛛め、最近ますます、鬱陶しくなった。

たまには一人の時間を持たねば、心が休まる暇もない。

しばらく待っていると、案の定、緋色の袴がやってきた。挨拶もなしに信十郎の枕元に座り込んだ。

「心地よいな、ここは」

いつになく、多弁である。といっても普段に比べれば、だが。

信十郎はキリを見上げた。

「酔っているのか」

「ああ、酔っている」

「それはそうだろう。あれだけ呑めば」

「構うな」

と言いつつ、嬉しそうに微笑んだ。

信十郎は、この女でも微笑むときがあるのか、と、思った。

「そうだ……」

　キリが上機嫌なうちに確かめておきたいことがあった。

「柳生の若大将だが」

「十兵衛か」

「うむ。あの者、そなたを『姉』と呼んでいた。……姉弟なのか」

「違う。あやつが子供の頃、一緒に遊んでやったことがある。そのときから、何故か、姉呼ばわりなのだ」

「それじゃ他人か」

「いや……、親戚のようなモノでもある。伊賀と柳生ノ庄とは、昔からそういう関係なのだ」

　この娘、渥美屋から『主筋の姫君』と呼ばれていた。服部の姫君なのだろうか。

「伊賀と大和は隣国だものな」

　信十郎がなにげなく言うと、キリは微妙に失笑した。

「他人事のように言う」

　信十郎はハッとした。どうやら、信十郎の出生の秘密を、多少なりとも存じているらしい。

　――やはり、俺の昔と関わりがあるのだ。

そのあとは延々と無言の時間が流れた。信十郎が微睡んで、しばらくしてから目を醒ましたが、キリはまだ、同じ姿勢で座っていた。

「何をしているのだ」

疑問に感じて訊ねてみた。

「待っている」

「何を？」

「昨夜の修験者の仲間を、だ」

意外で、しかも剣呑な返答だ。信十郎は身体を起こした。

「ここに来るのか」

「来るだろう。昨夜も別口の見届け人が、どこかに潜んで見張っていた。その者が必ずここにやってくる。オレと信十郎を探しにくるのだ」

「来たら、どうする」

「追う。あとをつけて塒《ねぐら》を突き止める。それだけだ」

信十郎はふたたび身を横たえた。キリにはキリの世界がある。本来なら信十郎には無関係なはずなのだ。

ゆったりと時が流れた。夜の雲を夜風が押し流していく。

信十郎は寝ころんだまま、キリの横顔を見つめつづけた。

「何を見ている」

今度はキリが訊ねてきた。

「唇」

「唇？」

「そうだ。お主の唇。オレはその唇に、なぜか、見覚えがあるのだ」

キリは、顔をひねってこちらを見た。

「吸ってみるか」

信十郎は何を言われたのか、一瞬理解できなかった。

「吸う？　何を？」

キリは、ムッと表情を曇らせた。

「唇を、に、きまっておろうが。さすれば何か思い出すかもしれぬぞ」

「いいのか」

信十郎は上体を起こした。キリに顔を近づけさせると、キリは慌てて飛び退いた。

「何をする。戯《ざ》れ言《ごと》にきまっておろう」

「だが――」

この唇を吸えば、何かを思い出す。たしかにそんな実感があった。

そのとき——。

面妖な気配が下界から伝わってきた。

「来たぞ」

キリが忍び音声《おんじょう》で告げた。信十郎は無意識のうちに『かまり』に入った。そして軒から目を凝らし、下の小路を凝視した。

——なんだ、あれは……。

巨大なナメクジがものすごい速さで移動してくる、——とでもいうような気配だ。気配がヌメヌメと波うっている。とても人間のものとは思えない。だが、それは人間の走る気配に間違いない。

人間には手があり足があり頭がある。手を振り、足を交互に出して歩くものだ。その際、頭は常に首の上にある。

そういった気配を総合的に判断し、『人が歩いている』と知覚するのが人間だ。だが、特殊な行歩《ぎょうぶ》を身につけた術者は、ときとして、常識をはずれた歩行をとる。すると見ている人間は、その姿を『歩いている人』だと判別できなくなってしまう。信十郎の得意とする『かまり』の歩行版とでも言えるであろうか。よほど練達した術者であろうと思われた。

ナメクジは小路を通過した。キリは臆する様子も見せずに屋根を下りた。信十郎もあとにつづく。キリの気配はすぐに消えた。信十郎も気配を殺した。


異形の者は、渥美屋の周囲をグルリと回ると、今度は西へ進路を変えた。

信十郎はあとを追う。多分、キリも追跡をつづけていることだろう。だが、キリの気配を感じることはできなかった。

妖しい者は、赤坂御門溜池近くの大名屋敷に入り込んだ。外様大名の下屋敷らしい。信十郎も難なく侵入に成功した。

下屋敷という所には、下級藩士の長屋と物置ぐらいの施設しかない。敷地面積だけは広大だが、塀は垣根を巡らせてある程度であって、中に入れば契約農家が畑を耕していたりする。当然警備も手薄であった。

妖しい者は、屋敷の建物に入り込んだ。信十郎も屋根の破風《はふ》を外して侵入する。天井裏に身をひそめ、五感に意識を集中させた。

奥のほうから人の気配が伝わってきた。だがこれは大名家の者だろう。信十郎は気配を殺したまま天井裏を移動し、忍びの者を探した。

しばらくすると、人気もないのに灯が漏れる部屋を見つけた。さらに耳を澄ませると、忍び特有の低い声音が聞こえてきた。

どうやら酒盛りをしているらしい。羽目板の切れ目から覗き下ろすと、何人かの山伏や旅芸人、乞食坊主や遊女など、およそ大名家には相応しからざる者どもが集まっているのが見えた。大名家の不用心を幸いに、勝手に拠点を構えたようだ。

「うぬは今日は、何人斬った」

旅芸人が訊ねると、乞食は黄ばんだ乱杙歯《らんぐいば》を剝き出しにして笑った。

「三人だ」

「なんだ、たったの三人か」

「三人とはいえ、見てみい、金持ちばかりだぜ」

と、懐から革袋を出し、広げて見せた。小判や丁銀、小粒銀などが入っている。自慢するだけあって、なかなかの戦果であろう。

「あたしも今日は二人殺《や》ったよ。どっちも若い侍さ。女に飢えているんだねぇ。ちょっと誘ったら暗い所にノコノコついてきて、あとはブッスリ、本物の極楽浄土に昇天さ」

遊女に扮した女忍びが自慢すると、乞食坊主が茶々を入れた。

「ブッスリ刺されてブッスリ刺すか。殺す寸前まで、お楽しみだったんだろう」

「煩《うるさ》いね。あたしが獲物をどう始末しようと勝手だろうさ」

「おう、おっかねぇ。ナムアミダブツ、ナムアミダブツ」

一同は忍びやかに笑った。

「しかし江戸はいい所だな。人を殺して金が貰える。しかもお城のお偉いさんの後ろ楯つき、ときたもんだ」

「戦国の世が終わっちまって、こちとら商売あがったりかと思っていたが、どうしてどうして、捨てる神あれば拾う神あり、だな」

「ご一同」

集団の中で貫禄を見せていた山伏が口を開いた。

「辻斬りばかりが能ではないぞ。噂を立てることも忘れるな。――辻斬りの正体は甲府城主の忠長だ。噂を広めることが第一、辻斬りは第二だぞ」

「言われるまでもねぇよ組頭。俺たちはスッパ者、流言飛語ならお手のもんだ」

「しかしのぅ、前の雇い主には『辻斬りの正体は家光だ』と、噂を流すように依頼されたもんだがのう」

「今度は弟のほうを人斬り呼ばわりか。無残だねぇ」

「まったくだ。家光と忠長は兄弟じゃねぇか。仲良く天下を山分けすりゃええのに。徳川の御家はどうなっているのやら」

社会道徳はないが、身内の結束は固いのが道々外生人《みちみちげしょうにん》たちの習俗だ。彼らは彼らなりに陰惨な兄弟相剋を思いやり、表情を暗くさせた。

——なるほど、こういうことだったのか……。

辻斬りで市中を騒がせ、その不安に乗じて噂を流す。正体の知れぬ恐怖に悩まされている民草は、荒唐無稽な噂であっても飛びつくだろう。家光一派と忠長一派、それぞれ同じやり方で、黒い噂をかきたてていたのだ。

そのとき。

信十郎は、おのれが潜んだ同じ天井裏に、あと二つ、別の気配が蟠《わだかま》っていることに気づいた。

——キリか。

気配の一つはキリのものである。そしてもう一つは……。

——あいつだ。

異様な気配が天井裏を這ってくる。キリを狙っているようだ。キリはまったく動けない。天井の下にいる者どもも海千山千の下忍。下手に動けば気づかれる。ナメクジと下忍どもは多分、一味だ。取り囲まれては危うい。

——キリ！

信十郎は、考えるより先に行動した。腹の下の天井板を破ると、下忍どもの屯《たむろ》する部屋の真ん中に飛び下りた。

下忍たちは驚愕し、目を丸くした。

「なんでェ、手前《てめえ》は!?」

信十郎は金剛盛高を袴の帯に差し直し、大きく鼻息を噴いた。

部屋の真ん中に飛び下りたので、周囲を囲まれる格好になっている。下忍らは手に武器を構えたが、攻撃を仕掛ける者はいなかった。訝しげに信十郎を見つめている。

町奉行所や公儀の目付が乗り込んできたのだとしたら間抜けに過ぎる。それとも新しい仲間なのだろうか、と判断に迷っているらしい。

そのとき——、天井から低い声音が響いてきた。

「我らの敵ぞ。斬れ」

下忍らはハッとして天井を見上げた。

「お頭《かしら》様！」

やはり、ナメクジが頭領であるようだ。下忍らは一瞬にして殺気を漲らせた。

信十郎は、幾重にも殺意に囲まれながら、内心ホッと安堵していた。

どうやらキリは、信十郎が引き起こした騒ぎに紛れ、無事に逃走したようだ。

信十郎は抜く手も見せずに乞食坊主に斬りつけた。林崎神明夢想流の技が冴える。乞食坊主の腹部を斜めに斬り上げた。

悲鳴をあげて倒れた坊主を踏み越えると、部屋の板戸を蹴り破った。バアンと大きな音が弾けた。

「あっ、待て！」

下忍らが追いすがってくる。信十郎は大名屋敷の廊下を走った。

「曲者でござーる！　ご一同！　お出合いめされいッ!!」

信十郎自身も曲者なのであるが、今は騒ぎを大きくさせて、下屋敷の藩士らを叩き起こすことが先決だった。

忍びの者らは人目を嫌う。藩士が起き出してくれば自然と身を引くであろう。多勢に無勢の信十郎には、取りうる選択はそれしかなかった。

声をかぎりに叫び、足音高く走り回り、それればかりか、廊下の角の常夜灯を蹴り倒した。障子に火がつき、メラメラと燃え上がった。

背後から手裏剣が飛んでくる。飛来音を察知し、身体をひねって太刀を振るう。手裏剣を叩き落としながら雨戸を破って庭に出た。

庭園は造作途中で放置されていた。横倒しの庭石を踏んで築山へ走る。屋敷内から喧騒が聞こえてきた。ようやく、藩士らが目を覚ましたようだ。

走る信十郎の右や左を、黒い影が並走している。走りながら手裏剣やクナイを投げつけてきた。

信十郎はふたたび金剛盛高を振った。

キンッと金属音がした。手裏剣は火花とともに打ち落とされた。信十郎は身を返して、右隣を並走中の旅芸人に肉薄した。

「ダァ――ッッ!!」

ズンッと鋭く斬り下ろす。剛刀が旅芸人の頸椎にズカッと食い入った。力任せに振りきると、首の皮一枚も残さず、旅芸人の首から先が、肩口から千切れて飛んで行った。

信十郎は庭をぐるりと回った。

外へ出れば、逃げきるのも難しくない。だが、キリを逃がすことを優先させた。できうるなら、あのナメクジの頭領も釣り出したかった。

下忍たちは動揺している。下屋敷の騒動はますます大きくなっていた。火事に気づいた藩士たちが慌てふためいている。炎が庭を照らしはじめた。

こうなっては、いかに忍びの暗闘だとて、人目につかずに戦うことは難しい。そろそろ引き際であろう。

残されたのは数人の修験者と遊女だ。その遊女が信十郎の前に立った。

信十郎は首を振った。

「女は斬りとうない。去れ」

「舐めるんじゃないよ!」

女は吹き矢筒を口にした。信十郎は一気に踏み込み、金剛盛高を振り下ろした。

女は、美しい貌を真っ二つに割られて転がった。

残る下忍は六人。あとは下屋敷の藩士たちか。

修験者の組頭らしき者が出てきた。信十郎と数間の距離を挟んで対峙する。

「おのれは何者なのだ。昨日、我らの仲間を斬った者か」

信十郎は刀を血振りして、左の肩に担ぎ直した。

「いかにもそのとおり」

「おのれッ！」

組頭の背後から走綱が飛来してきた。だが、その技は昨晩にもお目にかかっている。予想の範囲内だ。信十郎は高々と跳躍して避けた。

そのとき、

「あッ！ そこで何をしているッ⁉」

下屋敷の藩士がこちらに気づいた。信十郎は修験者の組頭にニヤリと笑いかけた。

「今宵はここまでだな。さらば」

庭木の松の枝を片手で握って、反動をつけて跳ね上がった。太い枝を踏んで跳躍し、下屋敷わきの小路に降り立った。

──キリは、どうなったであろう……。

金剛盛高を鞘に納めつつ、思った。

結局、ナメクジの頭領も姿を見せなかった。無事であればよいが。

とにもかくにも気配を殺して走る。来たときとは違う道を辿るのが忍家の鉄則だ。南へ遠回りをし、芝方面へ向かった。

その途上、信十郎は、妖しい気配を背後に感じて振り返った。

──あのナメクジだな……。

おぞましい殺気を滲ませている。配下の者どもを惨殺され、怒りに震えているようだ。

芝の増上寺は、上野の寛永寺と同様に建設中であった。信十郎は材木片や鉋屑《かんなくず》の残る一角に侵入した。

ナメクジがヌラリヌラリと追いついてきて、隠形術を解いた。

暗い地面から初老の修験者が立ち上がる。容貌はツルリとして特徴がない。見た瞬間に、もう、見忘れてしまいそうな顔だちだ。

修験者は信十郎をジロリと眺めた。

「われご」

低い、割れた声が響いてきた。一文字一文字区切るような、独特の声だ。ナメクジじみた気配と同様、とらえどころがない。たしかに唇は動いているが、どこか別のところから声を出しているような、なんとも不思議な音声だった。

「われご、江戸に出てきて間もないというのに、ずいぶんと方々、荒し回っておるようだな」

一句一句区切るので、話し終えるのに時間がかかる。その間、ジリジリと微妙な行歩で近寄ってきた。

「われごが来てから、あちこちおかしくなっておる。せっかく均衡が取れておった我らだが、なにやら急に、ギスギスと、しはじめたようだ」

「それは俺の本意ではない」

「疾《と》く去るならば、それもよし、去らぬのであれば――」

「去らぬならば、なんとする」

信十郎は金剛盛高を抜いた。修験者はピタリと足をとめた。

「われご、邪魔なのだ。去らぬのであれば、消えてもらうしかない」

「優婆塞《うばそく》殿よ、ご尊名はなんという」

「シキ」

「シキ？　四つの鬼か」

平安の昔、藤原千方《ちかた》という公家が、伊勢から伊賀にかけての一帯を横領したことがあった。

朝廷は鎮圧軍を派遣したが、千方は、『金鬼』『土鬼』『風鬼』『隠形鬼』という鬼たちを使役して朝廷軍に対抗した。

それら鬼は四鬼《しき》と呼ばれ、伊賀甲賀では、忍者の祖に祭りあげられて尊崇されている。四鬼の子孫を名乗る忍家も、いくつか現存していた。

シキ優婆塞が使う隠形術は、まさに隠形鬼の術を髣髴《ほうふつ》とさせている。

「まいる！」

信十郎は利剣を肩に担いだ姿で突進した。端境《はざかい》を踏み越え、高く掲げた八相を気合もろとも斬り落とした。

シキは逃げようともせず、受けようともしなかった。信十郎の刀はシキの首筋を斜めに斬った。

が、

「ぬっ⁉」

なんの手応えもない。切っ先はブンッと真下に振り下ろされた、と同時にシキの肉体が二つに割れ、霞のように消失した。

――幻術か！

信十郎は瞬時にその場から飛んだ。これが幻術なら、本体が即座に攻撃を仕掛けてくる。それも、思ってもみない方向から。

信十郎は二間ほど飛んだ。だが、なんの攻撃もやってこなかった。代わりに材木の背後から、ふたたび、白い修験者が現れてきた。

「去るのならそれもよし、去らぬのであれば――」

同じ言葉を呪文のように繰り返す。信十郎は、それもまた、幻術であると見て取った。

——谺《こだま》のようなものだ……。

肥後の山中を思い出す。山中では物音や気配が巨木や山肌に反射して、まったく違う方向から聞こえてくるように感じられるものだ。要はそれと同じである。シキは自分の姿と音声を、自在に反射させる術を身につけているのである。

——攻撃してこぬのはそのせいか……。

攻撃を仕掛ければ気配が立つ。それではせっかくの隠形術が無意味となる。幻影を湧き立たせ、こちらに何度も攻撃を空振りさせて、精神的に疲労困憊《こんぱい》させる。相手を徹底的に弱らせてから、じっくり攻撃にかかるつもりであろう。

——ならば、どうする。

幻影はユラユラと寄ってきた。目が見え、耳が聞こえるかぎり、意識せずにはいられない。信十郎は咄嗟に斬りつけていた。またしても太刀が宙を斬る。幻影は消えた。

「ホホホホ。さぁ、どうする」

今度は二体の幻影だ。交差しながら信十郎の周囲を回りはじめた。

信十郎は目を閉じた。が、やはり、隠形鬼の本体を見つけることはできなかった。

——どうする……⁉

額にジワッと汗が滲む。幻影の声は四方八方から聞こえてくる。信十郎は困惑した。と、そのとき、なんの弾みでか、昨夜の十兵衛を思い出した。

——そうか。水月か……。

これはシキの構えなのだ。シキは万全に構えている。ゆえに、攻めどころが見つからないのだ。

——シキから先に攻撃させればよい。

隙を丸出しにして攻撃を誘い、相手が発するや否や、こちらも発する。水面に月が映るがごとく、後の先を奪うのだ。

信十郎は構えを解いた。新陰流でいうところの無形の位である。十兵衛が見たら嫉妬に狂いだしそうな、見事な放心ぶりだった。

それでもシキは動かなかった。信十郎は無心で待った。

やがて——。

「そこだ！」

信十郎が跳躍した。造営中の増上寺の塔頭《たっちゅう》、白木のままの柱をめがけ、飛び下りざまに斬りつける。大上段からの剛刀だ。柱は斜めに斬り倒された。

「ギャッ‼」

悲鳴とともにシキの肉体が柱から剝がれた。信十郎の太刀はシキの片腕を斬り落としている。毒針を握ったままの腕が、ドスッと地面に転がった。

「おのれ──」

血潮を噴く腕を抑えつつ、シキは必死に飛び退いた。

信十郎は肩に刀を担いだ姿で追う。シキの腕からは血が滴っている。もう、どれだけ気息を絶とうとも、血の臭いで居場所がわかる。隠形鬼は敗れたのだ。

だが──。

信十郎の身体が、突然、グラッと揺れた。

──なんだ……⁉

手足がもつれる。目眩《めまい》がした。舌までピリピリと痺れてきた。

信十郎は我が身を見下ろした。シキが放った毒針が、一本だけ、右の太腿に刺さっていた。

「く、くそっ……！」

急激に意識がかすんできた。立っていることができなくなり、ガクッと片膝をついてしまう。金剛盛高を杖がわりにして、切っ先を地面に突き刺し、上半身が倒れ込むのを必死でこらえた。

「毒が回ってきたようだな。これで終わりだ」

シキは、走綱で片腕を縛っている。止血しながら勝ち誇った。ひどく失血して顔面蒼白だが、信十郎にとどめを刺すぐらいの余力は十分に残されていた。

腰の柴打を抜く。研ぎ澄まされた小刀を振り上げ、信十郎の首筋を断ち斬ろうとした。

だが。

シキは真後ろに飛んだ。足元に銀色の針が突き刺さっていた。

「誰だ!?」

と、視線を向けた先には――。

緋色の袴を着けた娘と、彼女を護るようにして立つ、黒衣の忍者数人の姿があった。覆面姿の男たちがヌウッと踏み出してくる。全員がそっくりな外見で見分けがつかない。

「お、お前は……」

シキは激しく動揺した。

「そうか、服部半蔵か！」

五体満足でも五分と五分の相手である。しかし、今のシキは片腕と血液を失っている。得意の隠形術にも集中できない。

キリがシキを睨みつけた。

「その男、返してもらうぞ」

シキは悪態をつきながら、真後ろに飛んだ。

「勝手にせぇ。だが、このままではすまさぬぞ！ 服部半蔵、我らに喧嘩を売りたいのなら、いつでもこい！ 勝負してくれるわ！」

精一杯の虚勢を張りながら、シキはさらに背後に飛んで姿を消した。

覆面の男が信十郎の身体を抱え上げた。キリが心配そうに見つめている。伊賀の総帥、服部半蔵とその残党は、信十郎を大事に抱えて闇の中へと消えて行った。

六

信十郎は、息苦しさの中、目を覚ました。

何者かが太腿に吸いついている。自分の身体は——と見下ろせば、褌一枚に剝かれていた。見知らぬ部屋の、褥《しとね》の上に寝かされていた。

信十郎は、重い頭をすこし上げ、下半身を見た。太腿に吸いついている者はキリであった。毒針の刺さっていた患部を小刀で切り裂き、溢れる毒を無心に吸い出している。キリの唇が吸いつくたびに、汚れた血液が体外に排出されていった。

——ああ、これだ……!

信十郎の脳裏に、過去の記憶が鮮明に蘇ってきた。たしか、十歳ぐらいの年齢だったはずだ。

あれは、いずこの山中であったろう。舟に乗って海峡を渡ったのだから、九州ではない。信十郎は山の天狗様(丸目蔵人佐)にくっついていた。天狗様にくっついて、ときには肩に乗せてもらって、峨々《がが》たる山地を踏破した。

加藤家の者や菊池の者たちに知られたら大騒ぎだが、信十郎も天狗様も、他人に心配りをするような人間ではなかった。

今にして思えばその道は、肥後の阿蘇から出羽三山まで延びる『山ノ道』であったのだろうが、よくわからない。

そして多分、伊賀のあたりで娘と出会った。と同時に命の危険にさらされた。

天狗様が誰かの館を訪っている間、いつものように山で遊んでいるうちに、マムシに咬《か》まれてしまったのだ。本来なら、そこで死んでもおかしくなかったであろう。

だが、居合わせた娘のおかげで死なずにすんだ。傷口を切り裂かれ、毒を含んだ血を吸い出してもらったのだ。

——ああ、あのときの唇だ！

命の恩人である。しかしそのあと信十郎は、三日ほど高熱を出した。だから、忘れてしまったのである。

しかし、娘の唇だけは覚えていた。そしてまた、毒を吸い出してもらったことで、過去の記憶を取り戻したのだ。

——キリ！

なにやら急に、愛しさが湧き上がってきた。思い出したことを伝えたかった。だが、身体は動かない。

キリは顔を上げた。信十郎が目を覚ましたことに気づいたようだ。

「じっとして、寝ておれ」

切り裂いた傷口を酒で洗われた。本来なら激痛に喘ぐであろう荒療治だが何も感じない。キリは傷口を縫い合わせ、何かの軟膏をベッタリと塗って、包帯を巻いた。

そしてどこからか、夜着を持って戻ってきた。

「毒と失血のせいで体温が下がっておる。こうせねば助からんのだ。許せ」

と、言うやいなや、スルスルと装束を脱ぎはじめた。袴と小袖が脱ぎ捨てられて、若い裸身が露出した。

キリの全身は、細い鎖で織られた帷子《かたびら》に包まれていた。鈍く光る鋼《はがね》の光沢が、乳房の丸みや腰の括《くび》れ、愛らしく張った尻の量感を包んでいる。キリが身をよじるたびに、裸体の光沢が艶《なまめ》かしく輝いた。

キリは帷子も脱いだ。一糸まとわぬ裸身になると、信十郎の身体に真上から覆いかぶさってきた。さらにそのうえに夜着を引き被る。自分の身体の温もりで、信十郎を温めはじめた。

信十郎は、ほとんど失神しかけていたが、心地よい温かみが全身を包み込むのは感じていた。さらには芳しい体臭と、キリの鼓動、甘酸っぱい吐息を色濃く感じた。

信十郎は、安堵感に包まれて、深い眠りへと落ちていった。

目が覚めると朝だった。

正確には三日目の朝なのだが、信十郎にはわからない。この間、キリの口移しで水や粥を与えられていたのだが、その事実すら覚えがなかった。

キリの裸身はまだ、信十郎の上に乗っていた。看病疲れからか、無警戒に寝息を立てていた。

信十郎の陽物が、勃然としていきり立った。若い男の体力が完全回復した証明でもあった。

「キリ……」

呼びかけると、キリがうっすらと目を開けた。信十郎が目覚めたことに気がつき、静かに目を細めて笑った。

「キリ」

信十郎は両腕でキリの裸身を抱きしめた。無心にキリの唇を吸った。

陽物がさらに天を向く。キリもその事実に気づいている。おすおずと太腿を緩めると、自分の性器を捧げてきた。

男と女の肉体は、重なるようになっている。

その日、信十郎とキリは、初めて一つになったのだった。

第四章　家　光

一

信十郎はキリの介抱の甲斐あって、急速に体力を回復させていった。

しかし、信十郎が病床にあって動けぬ間も、江戸市中には辻斬りが横行しつづけ、かつ、その辻斬りの正体は家光様だ、いいや忠長様だ、などと、いかがわしい流言が確実に広まっていた。

敗北の痛手より回復したのは信十郎だけではなかった。江戸柳生の暴れ馬、十兵衛三厳《みつよし》も、傷が塞《ふさ》がって床を離れた。

本復なった十兵衛は城勤めに戻された。もともとたいした怪我ではない。寝込んだ理由も、精神的衝撃のほうが大きかったくらいだ。

十兵衛は切歯扼腕《せっしやくわん》している。

本音で言えば、刀一本おっ取って〝あの男〟の行方を追いたかった。父親の言いつけなど知ったことではない。柳生家から籍を抜かれようが、新陰流を破門されようがかまわなかった。あの男を斬り、そのあとで自ら流派を立てるまでの話だと思っている。

あの父でも将軍家指南役が務まるのである。俺なら唐天竺の指南役でも務まるであろう。――などと考えていた。

だが、荒木又右衛門に泣いてとめられた。十兵衛が出奔するなら腹を切る、とまで断言されてしまった。

又右衛門という男は、一度口に出した言葉を違えるような男ではない。腹を切る、と言ったからには必ず切る。

宗矩にはなんの愛着もない十兵衛だったが、又右衛門は別であった。又右衛門に死なれたら困る。自分のせいで又右衛門が腹を切ったら、十兵衛は一生、心の傷を背負って生きていかねばならなくなる。

そんな次第で、不本意ながら城に上がった。

家光の御座所に伺候すると、いつものごとくに素っ頓狂な奇声が降ってきた。

「十兵衛、無事だったか！」

ひょろりとした若者がヨタヨタと歩み寄ってきた。否、別段、足腰に欠陥を抱えているわけではないのだが、剣客たちの見事な行歩を見慣れている十兵衛の目には、なんとも油断だらけの、無様な足どりに映るのだ。

家光は、十兵衛の密かな軽蔑などまったく無頓着に、親しみをこめて語りかけてきた。

「宗矩から聞いた。稽古場で怪我をしたそうだの。まずは本復、めでたいことだ」

なんと、そういう話になっているのか。と、十兵衛は、詐略ばかりの父にますます嫌悪を覚えた。

家光は、めでたいめでたいと連呼した。軽々しく粗忽《そこつ》なことだ。どう見ても、次期将軍の器ではない。

家光は十兵衛を心底からお気に召している。なぜなら、強いからだ。「我が関羽《かんう》なり」などと自慢したりする。それなら劉備《りゅうび》は誰なのだ、と問い質したい。

他人に自分の家臣の強さを自慢するだけならまだしも、「なんなら十兵衛と立ち会ってみるか」などと脅し文句を口にすることまである。冗談ではない、と十兵衛は思う。自分は闘犬ではないのだ。なにゆえ家光にけしかけられて、誰かと戦わねばならぬのか。

しかし、この小人物が主君であることに変わりはなかった。十兵衛は顔に浮かんだ不快感を読み取られぬよう、深々と一礼した。

「ご心配をおかけしまして、まことに申し訳ございませぬ」

柳生屋敷で教えられたとおりの挨拶をした。

憂鬱なことだ。この馬鹿者とこれから一生、つきあっていかねばならないのか。

二

家光の一日は、はなはだ気儘で奔放である。気が向けば夜中まで歌舞音曲に興じることもあるし、朝まで勉学に励んだりもする。狂ったように熱中し、三日もつづくともう飽きて、今度はダラダラと酒宴などですごす。

自由奔放は英雄人傑の一つの形であり、たしかにこの家光、英雄の匂いぐらいは感じさせる。

とにかく何をやらせてもそつなくこなす。書道、絵画、歌道、武道、儒教に仏教、ありとあらゆるものに興味を持っている。

気まぐれで多趣味な殿様につきあうのは骨が折れる。それでも、十兵衛を除いた小姓たちは、それぞれに小才を発揮して無事に勤めあげていた。

十兵衛が久しぶりに出仕した日も、夜遅くまで無軌道な酒宴が繰り広げられた。

家光の酒宴には、時折、古参の旗本や戦国往来の大名が呼ばれる。家光は家康を尊崇しており、自分も家康のようにありたいと熱望している。それゆえ、家康の往時を知り、家康とともに戦場を駆けた者どもの戦話《いくさばなし》を聞くことが、なにより好きなのであった。

その夜は毛利秀元《もうりひでもと》が呼ばれていた。この老将は家光のお気に入りである。かつては中国地方の大大名、毛利輝元《てるもと》の養子であり跡継ぎだった。輝元に実子が生まれて身を引いたが、文禄慶長の役や関ヶ原の合戦では毛利家の主将として本陣に身を置いていた。まさに戦乱の生き証人のごとき老人であった。

家光好みの典型的人物である。秀元のほうも、この素っ頓狂な若君をどこかしら愛している様子であった。

十兵衛もまた、老将老兵の手柄話を聞くことは好きだった。それゆえこの日ばかりは遅くまで、家光の酒宴に侍《はべ》っていた。

「およそ男子たるものは――」

いい加減酔いが回った秀元が吠えた。戦場育ちの猛将だけあって声がでかい。獅子が吠えているかのごとくである。そんな様を家光が好ましそうに見つめ、老人のお説を拝聴している。

「なによりもおのれの体面を重んじなければならぬものでござるぞ」

「左様じゃ。余も同感じゃ」

家光は深々と頷いた。

「東照権現様は、三方《みかた》ヶ原の合戦のみぎり、我が軍勢に数倍する武田軍を迎えても躊躇《ためら》うことなく城を出られた。合戦に敗れたりとは申せ、数倍の敵を前にして臆することなく戦う勇姿を、満天下に知らしめたのじゃ」

と言って、大盃をあおり、大きく息をついた。

「この家光も、かくありたいと思うておる」

ニヤリと笑って秀元を見る。こんなとき秀元は、大げさに過ぎるほど褒めてくれるのが常だった。

が、

「左様でございますかな?」

と、今夜に限って秀元は、難渋そうな皺面《しわづら》で、ジロリと睨め上げてきた。

家光は、なにやら急に不安になって、秀元の顔をおそるおそる見た。

「なんじゃ、何か申したきことでもあるのか」

家光はある意味、感受性が豊かである。他人が自分をどう見ているのか、それが気になって仕方がない。こうなると執拗である。言葉を濁す秀元に、申せ申せとしつこく迫って、ついに口を開かせた。

「辻斬りのことでござるよ」

「辻斬り?」

家光は左右の小姓に目を向けた。『何か知っておるか』と目で訴える。

そんな家光を凝視して、秀元の目がギラリと光った。

「ご存じではござらぬのか」

「い、いや、辻斬りか。ウム、余も案じておらぬでもない」

その場凌ぎに相槌を打つと、秀元は渋面のまま領いた。

「左様にござりましょう。若君様はいずれ将軍家となられる御身。そのお膝元たる江戸府内で、不逞《ふてい》の者どもが辻斬りを働くなど、もってのほか！」

家光は目を丸くした。彼は、何も知らされていなかったのだ。

「ひ、秀元……」

もっと詳しく聞かせよ、と言いかけて、それでは何も知らぬことを暴露することになると気づき、言い直した。

「そのほうの存念を、ことこまかに申すがよい」

「しからば、まず、辻斬りは致し方ござらぬ。夜討ち強盗は武士の習い、などと申しましてな、猛き武士なら己《おの》が剛勇を抑えかね、白刃の一本も振り回したくなるのはものの道理。将軍家の武威をもっての偃武《えんぶ》も結構でござるが、こうも太平の世が長すぎては、このわしとて……あ、いや、これは、上様の治世を誹謗いたすものではござらぬよ」

「かまわぬ、座興じゃ。つづけよ」

「しからばしからば、辻斬りはかまわぬ。それもこれも江戸が武士の都であればこそ。まずはめでたい。本朝にあって武士が都をつくるなど、鎌倉殿より数百年ぶりの壮挙でござるわい」

なにやら妙に酔っぱらっている。話がどんどん逸れてゆく。

「待て、辻斬りの話じゃ。余は、どうすべきかと問うておる」

「左様でござるな。まず、辻斬りはさておき、問題は、その辻斬りにまつわる噂のほうが急務でございましょうな」

「噂とな」

家光は小姓たちと顔を見合わせた。小姓たちも、何も知らされていなかった。小姓の口から家光の耳に達することを恐れ、それぞれの家の者たちが箝口令《かんこうれい》を布いていたからだ。

「左様、悪しき噂でござる。こればかりは聞き捨てにしてはおけませぬぞ！」

もはや家光は、虚勢を張ってもいられなくなった。

「どのような噂なのじゃ、秀元、教えよ」

秀元の目が、急に正気づいた。

彼は、関ヶ原では西軍の副将格だった男である。迂闊なことは口にできない。家光が辻斬りの犯人だと噂されている、などと言えることではなかった。

秀元と家光のあいだの空気が一瞬にして張りつめた。

十兵衛は、下座から黙って見ていたが、思いあまって口を開いた。あとで宗矩に叱られるであろうが、秀元の窮地を見すごしにしたくなかったのだ。

「若君様が、辻斬りその人である、という噂でござるよ」

「なにッ！」

家光が伸び上がり、秀元の肩ごしに十兵衛を睨んだ。

十兵衛は素知らぬ顔でつづけた。

「若君様が、お刀の切れ味を試すために、夜な夜な市中を徘徊し、辻斬りをなさっておられるという、悪しき妄言。――その流言飛語をいかが取り計らうか、と、秀元様はお尋ねなのでござる」

家光の顔面が真っ赤に染まった。と同時に、小心で鋭利な頭脳が目まぐるしく回った。

「それは……、このわしとて、おざなりにいたしておるわけではない！」

秀元は、家光を見上げてニタリと笑う。

「むろん、左様にござりましょう」

それから膝をグルッと回して十兵衛に身体を向けた。

「お聞きしましたぞ、柳生殿。若君様の御名を汚す辻斬りと立ち合われ、お怪我を負われた由にござるな」

十兵衛は何も答えない。どうしてそんな話にすりかわっているのかわからなかった。

家光は、と見ると、無駄に犀利《さいり》な若君は、何かしら勝手な物語を頭の中で拵《こしら》えたらしく、そうだったのか、という顔をして十兵衛を見つめた。

秀元は、ふたたび家光に身体を向けた。

「お小姓をお使いになっての辻斬り狩り、さすがは若君様と感服いたす次第。江戸府内に住まう民草は、皆、将軍家をお慕いして城下に集いし者どもでござる。それら下々の暮らしの安寧を図ることこそ名君の証。この秀元、若君様を信じた我が目に狂いはなかったものと、安堵いたしており申す」

なにやら妙な形に落ち着いた。

三

秀元が辞去したあとも、家光の興奮は収まらなかった。

「十兵衛。秀元が申したこと、まことか!?」

十兵衛は深々と頭を下げた。が、『秀元が申したこと』というのが、辻斬りの噂についてなのか、それとも自分の怪我についてなのか、それによって返答の是非が異なるな、などと考えた。

家光はイライラと歩き回っている。

「余が、おのれの楽しみのために民草を殺して回っておるだと!? 余は悪鬼羅刹《あっきらせつ》か！ 魑魅魍魎《ちみもうりょう》か！ 余をなんと心得ておる！」

小姓たちは平身低頭して顔も上げられない。家光の癇癖《かんぺき》は狂気に近い。顔を上げていられるのは十兵衛だけだ。

その十兵衛と目が合った。家光はすっ飛んできて、十兵衛の目前にピョンと座った。

「十兵衛よ！」

十兵衛の腕を取って親密げに握った。

「そのほうの忠義、感じ入った！ そのほうのおかげで秀元に恥をさらさずにすんだ。面目が立ったぞ！ 礼を言う！」

感情のままに一気にまくし立ててきた。本来なら臣下として、もったいなさに感涙する場面なのであろうが、十兵衛は、家光のこういう粗忽さが嫌いなのだ。

とはいえ、形どおりに頭を下げた。

「過分なお言葉、畏れ入り奉る」

が、話はそれで終わらなかった。

「それで、辻斬り狩りの戦果やいかに」

十兵衛は、凛々しい眉を情けなく歪めさせた。

「それは、いささか……、なんとも」

言葉を濁す。そもそも辻斬り狩りなどしておらぬし、〝あの男〟に負けたことなど思い出したくもない。

すると、気の利いた小姓が横から助け船を出してきた。

「若様、江戸市中は広うござる。いかに武芸達者の柳生殿といえども、お一人では手が余るものと存じまする」

「それはそうじゃな……」

家光は無言になった。十兵衛は家光の顔を見て、『また何か、ロクでもないことを考えていやがるな』と予感した。

やがて。家光は決然として視線を上げた。

「よし、余自らが赴《おもむ》こう」

案の定、というより、予想以上に途方もないことを言い出した。

さすがの十兵衛も平常心を失った。

「赴く？　いずかたへ、でござるか」

家光は十兵衛を睨んだ。

「辻斬り狩りに決まっておろう。我らの手で辻斬りどもを取り押さえ、我らに被せられた冤罪を晴らすのじゃ。秀元も申しておったではないか。武士たるもの、おのれの体面より大切なものはなし、とな！」

「しかし」

と言いかけた横から、同じ小姓の稲葉正勝《いなばまさかつ》が口を挟んできた。

「ご無理を申されまするな。若君様はなにより大切なお身体。辻斬りどもの討伐など臣下に任せるのが良策、と、心得まする」

稲葉正勝は斉藤福の長子である。福の縁故で家光のそば近くに近仕している。福とは異なり実直そのものの性格で、家光も、実の兄のように信頼を寄せていた。

「しかし正勝、働いておる臣下は、十兵衛ひとりだけではないのか！」

「それは……」

正勝が絶句した。たしかに、町奉行や目付は何をしているのか、という話である。

十兵衛は、もっと現実的な見地から苦言を呈した。

「無理でござろうよ。若君がその気でも、城から外に出られるはずもござらん」

城門という城門には番衆が詰めている。家光が外に出ようとすれば命がけで阻止にかかるであろう。又右衛門ではないが、腹を切って諫死《かんし》する者すら出てくるに違いない。

家光も現実に気づいて地団駄を踏んだ。斉藤福や土井利勝《どいとしかつ》、松平信綱《まつだいらのぶつな》らが家光の生活を徹底管理している。彼らが『外に出てもよい』などと言ってくれるはずもなかったのだ。

「なんとかならぬか！」

家光はまたも癇癖を発して怒鳴りつけた。

と、そのとき――。

十兵衛の脳裏に、チラッと、いかがわしい策略が芽生えた。

「ふぅむ……？」

――これは、存外いけるかもしれぬ。

先日の、父宗矩の訓戒を思い出す。

『ただひたすらに家光様にお仕えせよ！　それ以外のことは何も考えるな!!』

――よぅし、ならば、ひたすらに仕えてやろうではないか。

この馬鹿殿が城外に出たいと言っているのだ。臣下として忠義を尽くして、外に出られるように図ってやればよい。辻斬りどもと戦いたいと言っているのだ。戦わせてやればよい。

江戸の市中を歩き回れば、辻斬りどもと出会うであろう。斬って斬って、斬りまくる。さすれば――。いつかは〝あの男〟と出会う。

忠義の道に外れてはおらぬ。そしてあの男とも戦える。

十兵衛は、薄い唇を歪めて笑った。腹の底から悦びが湧き上がってきて、どうにも辛抱できなくなった。

十兵衛は家光を見上げた。

「若君、まこと外にお出になりたいのであれば、この十兵衛、いささか打つ手がなくもございませぬ」

「いかがする」

「若君にはこれより数日のあいだ、兵法に狂っていただきまする」

四

家光の兵法狂いが始まった。江戸城内はその噂で持ちきりである。

剣術のことで頭がいっぱいになり、心気亢進して夜も眠れぬありさまらしい。指南役の柳生家より高弟たちが多数、本丸内の稽古場に呼ばれたようだ。それらの者を吟味したのは家光小姓の十兵衛である。

宗矩はほっと安堵した。

一時はどうなることかと心配したが、十兵衛は予想以上に見事に立ち回っているようである。なにより十兵衛の勧めによって、家光が兵法数寄《ひょうほうずき》に目覚めたことが望外だった。

——これで柳生家は安泰よ。

家光が柳生新陰流を学ぶとなれば、家光に取り入らんとする大名、大身旗本らが自然と柳生の門を叩くであろう。家光と同門の兄弟弟子となれば親しみが湧く。と、計算を働かせるからだ。

かくして日本の兵法界は、柳生新陰流一色に染められる。それこそが宗矩の悲願なのだ。

——頼むぞ。十兵衛!

十兵衛の本心も知らず、宗矩は息子に期待した。

稽古場で家光が連日連夜、竹刀を振り回している。兵法狂いは嘘ではなさそうだ。

家光はもともと武芸が好きである。もっとも、家光の武芸好きは、自ら剣をとって我が心身を鍛える類ではなく、もっぱら見るほうに限られていたのであるが。現代風に言えばスポーツ観戦が趣味なのである。

しかし今は、辻斬り狩りという目標がある。稽古相手を憎い辻斬りに見立て、殺気とともに打ち込んでいく。

柳生の高弟たちも、若君様の意外な雄々しさに驚いていた。

驚き喜んだのは彼らだけではない。斉藤福は目頭を袖で拭っているし、土井利勝や松平信綱も満足そうに頷いている。

すべては十兵衛の策略から生まれた話であるのに、大の大人の、しかも揃って陰謀家たちが、コロリと騙されてしまったのだ。


稽古を終えた柳生の剣士たちが、ゾロゾロと下城してきた。すでに深夜だ。家光の都合に合わせて稽古するので、時間が不規則になりがちだった。

「あいや、お待ちくだされ」

城門を守備する番衆が柳生の門弟たちを押しとどめた。

「面体《めんてい》を改めさせていただく」

門番とはいえ江戸城を守備する旗本である。数百石を食《は》む御直参だ。柳生の門弟は畏れ入った態度で従った。

番衆たちは松明《たいまつ》をかざして一人一人を確認した。

「よろしゅうござる。お通りあれ」

門が開けられる。高弟たちは八代洲河岸の柳生藩邸に帰っていった。

かと思うと、明け方近くに大挙して登城してきた。

心身亢進した家光が、早朝稽古を始めたいとして使いをよこしたのだという。

次期将軍の命令だ。門番は寝ぼけ眼を擦りながら門を開けた。

次の日も、その次の日も、同じ行動が繰り返された。門番は、夜中と早朝の通行者に飽き飽きしてきた。

その日も夜中に柳生の門弟が下ってきた。

「毎夜のお稽古、ご苦労にござるな。お通りくだされ」

いい加減に対処すると、いつものように門を開けた。

こうして、家光と十兵衛、および数名の小姓たちは、江戸城外への脱出に成功した。

とはいえ、

「これが江戸の市中か」

と、家光が感動したかどうかはわからない。なぜなら当時の江戸は、夜間照明もなく、夜の盛り場に類するものはまったく存在していなかったからだ。御免色里の吉原でさえ、昼営業に限られていたような時代だった。

なにしろ暗い。電気もガス灯もない。菜種油の灯火ではワット数が低すぎて何も見えない。

これでは美人を呼んでも意味がないし、真っ暗な中で、何が載っているのかも定かにわからぬ膳をつつくという行為も味気ない。蠟燭は高価にすぎて、一部の大寺院ぐらいでしか使用されていなかった。

そんなわけで、家光一行の目の前に広がっていたのは、無人の寝静まった町家であった。彼方で犬が遠吠えしていた。

それでも、辻斬りが稼業として成り立つほどには、人の往来があったのも事実だ。大坂に豊臣家が存在していた頃は、江戸市中は、夜四つ（午後十時頃）に道を木戸で封鎖していた。が、それではあまりに不便であり、また、大路の幅が十間（一八メートル）に拡張され、木戸などではとうてい封じることができなくなったこともあって、夜間の通行が可能になった。

雑多な者どもが集まって、無秩序に拡大していく都邑《とゆう》である。夜の江戸は、確実に、無法の支配する暗黒都市でもあった。

「さぁ、まいりましょうぞ」

十兵衛が先に立って歩きはじめる。

「朝稽古の柳生衆に混じって御本丸に戻りまする。そのあいだしか、市中におれませぬからな」

家光を引っ張ってグイグイと歩いた。一刻でも早く、〝あの男〟と斬り合いたくてたまらなかった。

五

その頃――。

十兵衛が追い求める宿敵、波芝信十郎は、キリの屋敷で黙々とキリを抱いていた。

その館が江戸のどこにあるのか、信十郎にもよくわからない。

高い塀に囲まれた庭園にたたずむ草庵だ。座敷の一つで治療を受けた。

あの夜、キリとともに現れた謎の忍者を見て、隠形鬼は『服部半蔵か』と言った。渥美屋庄左衛門もキリのことを『主筋の姫様』と呼んでいた。服部庄左衛門の主といえば、半蔵家しか考えられない。

服部半蔵家は取り潰され、最後の当主、石見守正就《いわみのかみまさなり》は大坂戦で闘死した。と伝わっている。が、服部宗家ほどの忍家がそう易々と絶えるはずがない。人知れず、江戸の闇の中を生き延び、復活の時を待っているのだと思われた。

信十郎はキリを抱き寄せ、無心に唇を吸っている。胡座をかいた太腿の上に、小柄なキリの小さな尻が乗っていた。二人ともまだ小袖を着けた姿だったが、薄絹を通して互いの肌の温もりをしっかりと感じていた。

座敷には膳が散らばっている。膳に載せられていた皿が転がり、倒れた瓶子《へいじ》から諸白《もろはく》が畳に流れていた。

キリの足が切なそうに畳の上を泳いでいる。信十郎はキリの唇を吸いながら、彼女の腰帯を解きにかかった。

と、そのとき、離れの障子がカラリと開いて、志づがヌウッと顔を出した。

「おやまぁ」

手には新しい瓶子を捧げている。まさか、食事もそこそこに行為に耽るとは思っていなかったのであろう。

だが、そこは京の遊女あがりである。何事もない顔つきで、散らばった膳部を整えはじめた。

「お食事になさるか、お繋りになさるか、どっちかに決めたらいかがどす?」

京女らしい上品で辛辣な皮肉だ。信十郎とキリは慌てて身体を離した。

「それにしても信十郎様、お元気になられて、よろしおしたなァ」

皮肉のつづきなのか、心底から言祝《ことほ》いでくれているのかわからない。信十郎は小袖の襟元を合わせ、背筋を伸ばして座り直した。

「おかげさまをもって。志づ殿にも世話になった。礼を申す」

真っ正直な反応がおかしかったのか、志づはクスッと忍び笑いを漏らした。

「お仲間の、鬼蜘蛛はん、泣いたり怒ったりえらい騒ぎでっせ」

「むぅ……」

そのことを考えると頭が痛い。鬼蜘蛛は半狂乱で信十郎を探しているに違いない。だが、鬼蜘蛛をもってしても見つけ出すことができない場所に信十郎は匿われている。このような離れ業ができる忍家は、服部半蔵家をおいてほかにあるまい。

志づは、今度はキリの前に移動して、キリの着物の乱れを甲斐甲斐しく整えた。キリは人形のようにされるがままになっている。彼女なりに恥ずかしさに耐えている様子だ。

「あんまりお繋りが過ぎますと、かえってややこには恵まれないと申します。何事もほどほどが肝心どすえ、姫様」

志づが、なにやら聞き捨てならないことを言った。信十郎はドキッとして、二人の顔を見つめた。

キリは神妙に頷いている。信十郎はハッとした。

たしかに、まぐわいをつづけていれば、いずれは子ができるのであろう。それが人間というものだ。

――そのうちに俺が父親になるのか……。

不思議な感覚である。なんとも実感が湧かない。

と、キリがじっとこちらを見つめてきた。信十郎の内心の動揺を見抜いたようだ。

志づが去って行くと、すぐにキリがしなだれかかってきた。一時《いっとき》たりとも離れていたくない、という様子であった。

信十郎は、キリの細い肩を抱き寄せた。

何か気の利いたことを言わねばならないような気がして、妙に焦る。

「キリは、俺の子がほしいのか」

キリはしばらく黙考してから答えた。

「ほしい。信十郎のような、強いおのこがほしい」

「そうか」

それもいいかもしれぬ、などと信十郎は思った。

「名は、なんとつける」

戯《たわむ》れに聞いてみた。まだ懐妊したわけでもないのに気が早い。笑い話のつもりであった。

だが、キリは即座に返答した。

「半蔵」

六

本多正純は江戸屋敷の寝所《しんじょ》にあって、寝床から半身を起こした姿で叫んだ。

「なんだと？」

「それは、まことか」

寝所には蚊帳《かや》が吊ってある。障子越しの月光が揺らめいて見えた。

本多正純は家康最後の側近であった。家康が死んで、秀忠の代になっても信任は衰えず、幕府にあってますます重きを置かれていた。このとき年寄（のちの老中）筆頭の地位にあった。

開闢当初の徳川幕府を一人で切り盛りしていたような男だ。豊臣家の滅亡や、豊臣恩顧の大名たちの取り潰しなどに辣腕《らつわん》を発揮した。

徳川南朝の者たちにとっては、家康の六男忠輝の改易、大久保長安家の廃絶、服部半蔵家の廃絶など、数々の事件の黒幕として憎まれていた。

正純には家康という巨大な後ろ楯と、三河武士ら譜代の旗本の協力があった。彼らの力を背景として、徳川幕府に食い込んだ南朝遺臣の異形異類らを排除するべく陰謀をめぐらせていたのであった。

その本多正純の寝所である。

わずかに開かれた障子越しに夜の庭が見える。闇の中に黒い影が拝跪していた。全身黒ずくめで顔を覆面で隠していた。

「まことにござる。……本丸の家光様、夜ごと市中を徘徊なさっておられまする」

くぐもった不気味な声音だった。あるいは、あの隠形鬼のごとくに術を使っているのかもしれない。

「手引きしたのは誰だ」

江戸城番衆の目を盗み、外に出すとはただならぬ手際である。

「柳生十兵衛にござる」

「柳生？　すると、宗矩も噛んでいるのか」

「いいえ。十兵衛の一存かと存じまする」

正純は、白絹の夜着の姿のまま、布団の上に胡座をかいた。

「なんと愚かな……」

と言ったきり、黙考に入った。庭にたたずむ黒い影は、じっと待ちつづけた。

正純がようやく顔を上げた。庭の影に目を向けた。

「半蔵」

「は」

半蔵と呼ばれた影は、短く返事した。

「そのほう、北ノ丸の忠長様を、江戸市中に引き出すことができようか」

「わけもなきこと」

即座に請け合われ、正純はすこし、鼻を鳴らした。

「えらく自信たっぷりだが――。家光様の夜行は、すぐに衆人の知るところとなろう。その前に、忠長様を引き出し、家光様と市中で鉢合わせさせねばならぬのだぞ」

正純はもう一度訊ねた。

「できるか」

「でき申す」

　またも即答が返ってきた。

「いかにする」

「稲葉正利《まさとし》様を使いまする」

「稲葉正利……。斉藤福殿の三男だな。忠長様の小姓を務めている」

　斉藤福は、長子正勝を家光に、第三子の正利を忠長にそれぞれ仕えさせ、世継ぎ争いがどちらに転んでも自分だけは損をしないように計らっていた。家光を溺愛しながらも、冷徹な自己保身を計算している。福はそういう女であった。

　半蔵はつづけた。

「家光様の行状は厳に秘されておりまする。知りうる者は、家光様御側《おそば》近衆を除けば、我ら影の者どもばかり」

「忠長様を引き出すために、半蔵家が動いたと知れるのはまずいぞ」

「左様。それゆえの正利様。――家光様市中徘徊の事実が、家光様お小姓の稲葉正勝様より、実弟正利様へ漏れ伝わり、正利様から忠長様へ伝わる」

「なるほど。いかにも自然だ」

「家光様の微行を知らされれば、あの忠長様のご気性からして、居ても立ってもおられますまい」

「家光様同様、市中に出るか」

「間違いござらぬ」

「外に出す、のではなく、忠長様御自《おんみずか》らが、外に出たくなるように仕向けるわけだな。なるほど、これが忍術というものか」

正純は己《おの》が頭脳で勝算を測っていたが、やがて二、三度頷いた。

「よかろう、やってみせよ」

半蔵は一礼して、闇の中に消えようとした。

「待て」

何を思ったか、正純が呼びとめた。

「一度、そなたに糺《ただ》さねばならぬと思うておったことがある。よいか?」

「なんなりと」

「そのほう、なにゆえ、このわしに近づいた」

すると、半蔵は覆面の下で低く笑った。

「正直に申してもよろしいか」

「無論のこと。正直に申せ」

「ならば申し上げる。それがしの見るところ、上野介（正純）様は、徳川宗家を潰そうとなさっておられる。――それゆえに、近づいたのでござる」

さすがの正純がギョッとして声を失った。白刃を喉から突き通されたような心地がした。

「わしが徳川宗家を潰そうとしておる、だと？　なにゆえ、そう思う」

「上野介様は、ただただ、家康公のご遺言を果たそうとなさっておられまする。違いますかな？」

「その、ご遺言とは？」

「『徳川将軍家より南朝の遺臣どもを排除せよ』というご遺言」

正純はしばらく無言で、じっと半蔵を見つめていた。

「知っておったか。いや、知らぬはずはない。さすがは服部半蔵じゃ。秘中の秘とされておるご遺言を、よくぞ調べあげた」

「調べたのではござらぬ。推察したのでござる」

「ほう」

「井伊直政様、大久保長安様、そしてわが服部半蔵家、徳川宗家に尽くした南朝遺臣の者ども、皆、非業の最期を遂げてござる」

おのれ自身が受けた仕打ちを語りながらも、冷徹そのものの声音だ。他人事《ひとごと》のようでさえある。

「これだけ揃えば、家康公が南朝遺臣を潰そうというお考えだったことは明白」

正純は半蔵を見据えていたが、ややあって、乾いた声で答えた。

「左様。我らは『武家の政権』をつくらねばならぬ。この日の本の正統たる武家政権じゃ。この国にかつて存在しえなかったほどの磐石たる政権をつくる。そのためには、そのほうら『闇の者ども』が邪魔なのだ」

「邪魔？」

「左様。闇の勢力に担ぎ上げられた闇の将軍家では、全国の大名どもがついてこぬ。民草も安心して懐《なつ》けぬであろう」

「ゆえに、我らを潰したと」

「そういうことになろうな」

正純は、半蔵が激怒して襲ってくるか、と予想していた。

もっとも、とうに命は捨ててある。家康の命で、徳川に食い込んだ南朝遺臣を排除にかかったそのときから、いずれこれらの闇の者どもによって、闇討ちにされると予見していた。正純もまた覚悟の据わった漢《おとこ》であった。

「と、いうことだ。どうだ、このわしを討つか」

「討ち申さぬ」

意外なことに、意外な返事が即座に帰ってきた。

「なにゆえじゃ。恨んでおろうに」

半蔵が、覆面の下で笑ったように感じられた。

「つまり正純様は、最後には、秀忠様、家光様、忠長様も殺さねばならぬこととなりましょう。違いますかな？」

「ぬ……！」

「左様にござりましょう。秀忠様ご生母、宝台院様こそが徳川南朝の頭目。いわば秀忠様は南朝の将軍にあらせられる」

「むぅ……」

「すでにして、秀忠様のご舎弟、忠吉様は死去。忠輝様は配流。……徳川家お旗本衆のうちのどれほどが加担しておるのかは存ぜぬが、南朝遺臣を排除する企ては、徳川宗家にまで及んでござる」

「そうか！」

正純はハタと気づいた。

「半蔵、そのほう、徳川宗家を恨んでおるな⁉　天下取りに尽力した伊賀衆を無残に取り潰した将軍家を恨んでおるのであろう」

「いかにも」

半蔵は、悪びれもせずに即答した。

正純の智嚢《ちのう》が目まぐるしく回転した。

「それゆえに、このわしに力を貸す、と申すのだな。徳川宗家を滅亡に導くために」

「御意《ぎょい》にござる」

「だが、このわしが秀忠一家を潰したあとは、どうする気か」

半蔵はわずかに顔を上げた。覆面の穴で両眼が光った。

「正純様は越前の忠直《ただなお》公を新将軍にお立てになるお腹づもり。違いましょうかな?」

「違わぬ。そのとおりじゃ。忠直公は秀康《ひでやす》様の御子《おんこ》。家光様より嫡流に近い」

秀康は家康の次男であった。家康の子に相応しい英雄であった。天下人となった豊臣秀吉に特に乞われ、その養子となったことすらある。それゆえ、徳川家の人間としては珍しく開明的、社交的であり、朝廷や豊臣恩顧の外様大名たちとも親しく交際していた。凡庸小心な三男坊の秀忠より、よほど将軍に相応しい男であった。

だが、なぜか後継者から外されてしまう。しかも若くして突然に死んだ。これらの謎に宝台院と南朝勢力が深く関与していたことは言うまでもない。

「忠直様は秀康様によく似ておられる」

正純はニヤリと笑った。

「それにのぅ、宝台院様のごとき怪しき母親もついておらぬからな」

「忠直公が将軍におなりあそばした暁には、新しき幕府で半蔵家をご重用くださる、とご誓言いただけるのであれば、我ら、旧怨はサラリと水に流して、新将軍にお仕えいたしましょう。むろん、正純様に害を加えることもござらぬ」

正純は、訝しげに半蔵を見た。

「なにゆえ宝台院様を頼らぬ？　宝台院様こそ、南朝遺臣のよすがではないか。宝台院様に尽くして、半蔵家を復興させてもらえばよかろうに」

「なりませぬなぁ」

「それは、なぜじゃ」

「宝台院様は、こともあろうに、我らの伊賀を藤堂高虎に与え申した」

正純は、心の中で『あッ』と叫んだ。

藤堂高虎は幕閣中でも最高級の『陰謀家』である。ゆえにこそ、宝台院は高虎を伊賀に封じたのだ。伊賀者を押さえ込み、半蔵家ではなく、高虎によって伊賀忍軍を再編成させるためである。

しかも高虎は天海と親しい。その天海は斉藤福の後ろ楯であり、斉藤福は家光を操っている。家光が将軍となれば、服部半蔵家の伊賀復帰は不可能になる、ということだ。

「そのほう」

正純は、ようやく半蔵の弱みを握った心地がして、もったいぶった声音で訊《たず》ねた。

「越前忠直様、将軍家ご就任の暁には、服部半蔵家を伊賀の国主大名に復せよ、と申すのだな」

「願わくば」

「よかろう。この本多正純が請け合ったぞ」

「ありがたき幸せ。粉骨砕身、忠義を尽くしまする」

正純は鷹揚に頷きつつ、思った。

——我が身の栄達のためならば、同じ南朝遺臣の宝台院をも裏切るか……。あさましきやつばらよ。

しかし、手持ちの駒が増えるのは喜ぶべきことだ。有意義に使わねばなるまい。

今度は半蔵のほうから質してきた。

「ところで。若君様お二人を市中に出して、どうなさる？」

途端に、本多正純の顔が醜くひきつれた。

「ほかならぬそのほうであるから、秘中の秘も明かそうか」

「もったいなきお言葉」

「うむ。よく聞け半蔵。――若君様がたお二人に斬り合いをさせるのだ。そして双方とも、斬られて死ぬ。相討ちじゃ」

「ほう」

世にもおぞましい策略をスラリと語る正純と、顔色も変えず受けた半蔵。

「斬り合いにならなんだら、いかがなさる」

正純は、何をわかりきったことを申しておる、とばかりに、ちょっと、小馬鹿にしたような表情を見せた。

「斬り合いになるのだ。そして双方死ぬ。わかるな、半蔵。家光様のご一行と、忠長様のご一行が、たまたまぶつかり、斬り合いになる。誰が最初に刀を抜いたのか、とか、誰がとどめを刺したのか、などは、この際どうでもいい」

半蔵が覆面の下で笑った。

「さすがは上野介様」

「うむ。そのほうも、そのつもりであたれ。なんならそなたがとどめを刺せ」

「……家康公のご嫡男、信康様ご切腹の際、介錯を命じられたのは二代前の半蔵でござった。徳川家と服部家、よくよく悪縁のもとにあるものだと驚きまする」

「よけいな感傷に浸っておる場合ではあるまい。忍家らしくもない」

「いかにも。それではご無礼つかまつる。万事お任せあれ」

半蔵の姿が闇に溶けた。

庭を包んでいた妖しい気配が去った。虫が涼やかに鳴きはじめた。

七

「御本丸の若君様が、夜の市中を徘徊しておる、だと⁉」

関東郡代《かんとうぐんだい》屋敷で、時の関東郡代、伊奈忠治《いなただはる》が仰天した。

関東郡代とは、のちの勘定奉行にあたる重職だ。

職務は、関東一円に広がる天領（徳川家直轄領）の支配と徴税、領民からあがる訴訟の裁決と治安の維持、新規農地の開墾や、用水・運河の掘削と管理、街道や橋梁および渡し場の管理、将軍家御鷹場の管理と鷹の飼育、さらには日光東照宮の造営と用材の伐《き》り出しなどなど、多岐にわたる。

徳川幕府でも有数の激職である。実際に、忠治の前任者であり実兄の忠政《ただまさ》などは、三十四歳の若さで過労死してしまった。

伊奈忠治の前には鳶澤甚内が平伏している。関東乱破の総帥は、関東郡代の耳目として暗躍していたのだ。

忠治はジッと甚内を睨みつけた。

「よもや……、あの悪しき噂はほんとうであった、などと申すのではあるまいな」

「滅相もございませぬ」

甚内はさらに低く身をかがめた。

「若君様におかれましては、むしろその真逆、お手ずから辻斬り狩りをなさっておられるものとお見受けいたしました」

忠治は呆れて物も言えない。そんな馬鹿な、と吐き捨てそうになって、思いとどまった。さすがに家光を馬鹿呼ばわりはできない。

甚内はやや、顔を上げ、忠治の顔をチラリと見た。

「我らの手の者を貼りつけて、万が一にも曲者どもが近づかぬように、図ってはおりまするが」

忠治は、呆れ果てたり、怒ったり絶望したり、短時間のうちにさまざまな感情を経験した。

「……甚内、そのほうも骨が折れるの」

「滅相も……。して、いかが取り計らいましょう」

伊奈は、書院の窓明かりに目を向けた。ドッと疲れが出たような顔つきだった。

「いかがと申して、上様に言上するほかあるまい」

「それが、よろしゅうございましょう。では、よしなにお取り計らいくださいませ」

甚内は郡代屋敷を辞去した。

門を出ると同時に甚内は、汗を拭き拭き走りだした。

「忙しゅうなってきたわ」

八

草庵にキリが戻ってきたとき、信十郎は装束を改め、腰に刀を差し直しているところであった。

信十郎に与えた衣服は脱がれて、畳紙《たとうがみ》の上に丁寧に置かれていた。代わりに肥後から着てきた小袖と袴、黒革の袖無し羽織を着けていた。

キリはハッとした。

「出て行くのか」

信十郎は照れくさそうに微笑んで、頷いた。

「世話になった。おかげで身体もよくなった。そろそろ行かねば。鬼蜘蛛も心配しておろう」

キリは小走りに信十郎の前に回り込んできた。

「ずっと、この屋敷で暮らしておってもいいのだぞ」

切々と目で訴えてくる。凄腕の忍びだというのに、やはり本性は一人の女であったのか。

信十郎は、微笑で答えた。

「そうは言われても、この屋敷がどこにあるのかもわからぬのではな……」

シキの毒で半分失神させられていたので、自分が江戸のどのあたりに運び込まれたのかすらわかっていない。

「ここは、服部半蔵殿の屋敷なのであろう」

キリは、悲しげな顔をして頷いた。それから、両手で信十郎の袖を握ってしがみついてきた。

「信十郎は、オレのことが嫌いになったのか」

「まさか」

信十郎はキリを抱きしめた。そして、昨夜一晩、時間をかけて考え抜いた結論を伝えた。

「俺はキリと結ばれたい」

キリは、パッと顔色を明るくさせた。

「いいのか」

「それはこっちの言い様だ。まだ半蔵殿にもお目にかかっておらぬ。服部半蔵家は、秦河勝からつづく名家であろう。その姫君と勝手に契ってよいものか」

「かまわぬ。どうせ滅んだ家だ」

「滅んだ家か」

キリは、切々と信十郎を見つめてきた。

「信十郎とて同じであろう。世が世なら、我らはけっして結ばれることが許されぬ身。互いに滅んだ家の子だから、こうして契り合えたのだ」

「うむ……」

信十郎がすこし悲しげな顔を見せると、キリは全身を投げ出すようにして、しがみついてきた。

と、キリがふと、何かに気づいたように、顔を上げた。

「そうだ……。その手があった」

「なんの話だ」

「信十郎！」

「なんだ」

「信十郎がその気ならば、服部半蔵家が信十郎の力になろう」

「俺がその気？　なんの話だ」

「信十郎が、家を再興したいのなら、半蔵家が力を貸す。我らの力で信十郎を天下の主にしてみせる！」

信十郎はキリの身体を引き離し、その両肩をしっかりと摑んだ。

「馬鹿なことを言うな」

「なにが馬鹿だ。オレは本気だ。たとえ伊賀者がすべて死のうとも、オレ一人しか生き残らなかったとしても、オレは最後まで、信十郎のために戦う！」

信十郎は、ひどく悲しい顔をした。

「なるほど、服部半蔵家ならできるかもしれぬ。だが――」

「だが、なんだ」

「俺は今回、江戸まで旅をしてきて知った。徳川殿の治世のもと、民びとは皆、幸せに暮らしておる。毎日の平穏を楽しんでおるのだ。戦乱の苦しみもなく、命を奪われるおそれも知らず、日々、安穏と暮らしている。……俺は、その幸せを踏みにじりたくない」

キリは、ハッとした。

「民の、幸せを壊したくない……。それが、信十郎の思いか……」

みるみるうちに声が小さくなっていく。

「わかってくれるか」

「正直、わからぬ……。だが、それが信十郎の思いなら、オレは従う」

信十郎はキリの身体を抱き寄せた。

キリは、信十郎の胸の中で泣いた。

第五章　兄弟の剣

一

将軍秀忠の次子、松平忠長の江戸屋敷は江戸城の北ノ丸にあった。

この年、忠長十六歳。領国は甲府二十万石。官位は従四位下《じゅしいげ》、参議《さんぎ》兼、右近衛権中将《うこのえごんちゅうじょう》。のちの話ではあるが、寛永元年（一六二四）には駿河《するが》領を加えられ五十五万石の太守となり、寛永三年には従二位権大納言《じゅにいごんだいなごん》に進んで『駿河大納言』と尊称されることとなる。

秀忠、お江与の両親に溺愛され、兄家光をさしおいて将軍家お世継ぎと目されたこともある。英邁で豪気で、そして兄同様に無軌道な若君であった。

忠長は、御座所の大書院に座していた。この年の三月に新築なったばかりの新亭だ。いまだ木の香が漂い、柱は白木のままに輝いていた。

工期のあいだは上野館林《こうずけたてばやし》城主、榊原忠次《さかきばらただつぐ》の江戸藩邸で暮らしていた。忠次の渾身のもてなしの甲斐あって、ただただ愉しい日々であった。忠次の室《しつ》や娘たち、さらには奥向きの女中たちも美しく、まさに龍宮にでも彷徨《さまよ》い込んだかのような心地がした。

そのせいだろうか、竣工なった北ノ丸屋敷に移り住んでからというもの、新邸なのだから、さぞ涼やかに生活できると思っていたのに、あにはからんや、気分が鬱々として晴れぬ。

憂鬱が溜まると陰々滅々と鬱屈し、溜まりに溜まった抑圧感がいきなりの異常行動となって爆発する——というのが若い忠長の人格である。

なにゆえこれほどまでに苛立たしいのか、それは忠長本人にも説明がつかぬ。理由など何もないのだ。ただただすべてが煩わしく、腹でも立てていないことには、我が身がもたない。

この忌まわしい焦燥感を理解できるのは、実母のお江与と、お江与の伯父、織田信長だけなのではあるまいか。

信長の生前を知る者は、まだそこここに生存している。たとえば藤堂高虎や細川三斎《ほそかわさんさい》などである。彼らは口を揃えて信長と忠長の相似を指摘する。織田家の血をひくことを誇りとしているお江与は悦び、忠長自身もまんざらでもない気分になった。

しかしである。

元和八年の日本には、信長のように蛮勇を揮《ふる》える舞台はどこにもないのである。そのことこそが、遅れてきた風雲児、忠長の不幸であった。

この日も忠長は、色白で細面の美貌に険しい青筋を立てていた。パチリパチリとせわしなく扇を開閉させ、脇息を右にやったり、左に置いたり、前に回したりした。ついには貧乏ゆすりまで始めた。

そこへ稲葉正利が駆け込んできた。

「遅い！」

正利が平伏するのも待たず、忠長は一喝した。正利は御前に這いつくばった。

「たしかに、御本丸の大納言様（家光）、深夜に微行にて市中を徘徊なさっておられる由、聞きおよんでまいりました」

「ぬうううううッツ!!」

忠長は歯嚙みをした。そして、書院のはるか下座に向かって叫んだ。

「余五郎《よごろう》!」

忠長の視線の先には、一人の老人が不機嫌な顔つきで座していた。

老人の名は望月《もちづき》余五郎という。背は低いほう、背骨も曲がり、風采はまったくあがらない。

甲斐の山中に逼塞していた老忍である。先祖代々、武田に仕えていたという。武田家の滅亡後は大久保長安に拾われ、その密偵を務めていたらしい。

望月、といえば、戸隠《とがくし》あたりの大姓である。高名な真田《さなだ》家とも近縁関係にあるはずだ。はたしてこの望月余五郎がどの程度使える者であるのかはわからない。が、大久保長安の隠密であったのであれば、そうそう無能でもなかろうと思い、取り立ててみることにしたのである。

「余五郎、そのほうの申したとおりであったわッ!」

余五郎は無言で平伏した。

忠長に、家光の市中徘徊を伝えたのは余五郎であった。服部半蔵が稲葉正利を使う前に一報を入れた。服部半蔵の策は敗れたことになる。

が、結果は同じことだった。

忠長はクワッと立ち上がると、せわしなく上段の間を行き来した。

「兄者めッ！　辻斬りの噂はまことであったかッ！」

狂気をはらんだ目つきで稲葉正利を睨みつけた。

「次期将軍の身でありながら、民草どもの命を弄《もてあそ》ぶとは何事かッ！　もはや兄とも思わぬ！　次期将軍とも思わぬわッ!!」

「殿、お声が高うございまする」

謹厳で実直で、それゆえに臆病な正利は、主君忠長をおそるおそる諫《いさ》めた。

「たわけがッ!!」

忠長は吠えた。

「かくなるうえは、この忠長自らが成敗してくれようぞ！」

「成敗？　何者を、でございましょうか」

忠長は目尻のつり上がった細い両目を正利に向けた。

「辻斬りよ。市中を騒がす辻斬りを成敗してくれるのよ」

「そ、それは……」

正利もまた、辻斬りの正体は家光である、と、半分ばかり信じかけている。

「なりませぬぞ！」

「かまわぬ！　余が成敗いたすのは〝辻斬り〟じゃ！　その正体がなんぴとであろうとも見すごしにはできぬ！　悪人は成敗せねばならぬのじゃ！」

　それからニヤリと笑うと、正利の耳元で囁いた。

「辻斬りを斬ってみたら、その正体は——、ということだ。フフフ。何を畏れることがある。誰に憚ることもあるまい」

　稲葉正利は、忠義一徹の小心者だけあって、クドクドと諫言を始めた。忠長はウンザリした顔で手を振った。

「もうよい。わかった。戯れ言だ。本気にいたすな。下がれ」

　正利が下がると、忠長は余五郎に目を向けた。

「望月、聞いてのとおりじゃ。俺は城外に出るぞ！　なんぞ策をいたせ！」

　望月余五郎は、不機嫌そうな顔をさらに不機嫌げに歪めさせた。

「アホらしい。外に出たいのなら、殿が手形を書けばよかろうに」

「手形を？」

「左様。国元への急使の手形を書く。それを持って城門に行く。甲府中将の手形を持った侍を押しとどめられる門番などおらぬ。殿が自分で手形を書いて、自分でそれを持って出ればいい話だ」

子供でも考えつきそうなことをいちいち聞くな、という顔つきで答えた。たしかに古参の忍者にとっては、児戯にも等しい策略であろう。

しかし、忠長は老忍の無礼を咎めることもなく、むしろ無邪気に感心した。

「なるほど！　でかした！」

ズカズカと余五郎のもとに歩み寄り、扇子でポンとその肩を打った。

「そのほうも供をせい。家光には柳生がついておる。柳生に対抗できるのは忍びの者だけよ。柳生もろとも家光めを押し包む。そして斬る。よいな」

望月余五郎は「御意」と答えて平伏した。

二

信十郎は深夜の町をブラブラと歩いていた。

服部の屋敷からは舟で送り出された。目隠しをされ、掘割を抜け、わざわざ外海に出てからふたたび江戸に戻された。京橋の橋詰で下ろされて、あとは自分で歩いて帰れ――ということらしかった。

渥美屋へ向かって歩いていると、前方から、ただならぬ気配が伝わってきた。何人かの武士がやってくる。衣服はくたびれ、表情は荒み、長く貧しい浪人暮らしが見て取れた。目つきが鋭く、殺気だっている。

それでも信十郎は大路の真ん中を悠々と進んだ。

「おい、とまれ」

浪人の頭分《かしらぶん》らしき髭面が呼びとめてきた。

「俺に用かな」

信十郎が呑気に答えると、その態度が癇に触ったのか、髭面は怒気を頭に昇らせた。

「お主以外に誰がおる！」

なんの集団か知らないが、みなみな喧嘩腰である。早くも刀の柄に手を伸ばしている者までいた。

「お主ら、さては、今巷《ちまた》を騒がせている辻斬りの一味か」

信十郎が訊ねると、一同はますます激昂した。

「馬鹿を申せ！　その真逆だ！　我らは辻斬り退治のために集いし見廻組ぞ」

「ほう。それは奇特な。しかし、そのなりから察するに、御直参とも思えぬな」

「いかにも浪人じゃ。しかし、さるお方のご下命を受けて奔走いたしておる。見事、辻斬りを討ち取った暁には、御家人にお取り立ていただく約束だ」

「ほほう」

なにやら訝しい話である。

信十郎は隠形鬼の配下から盗み聞きした話を思い出した。辻斬り騒動は何者かが企てた陰謀なのだ。その〝さるお方〟とやらが怪しいではないか。

——もそっと探ってみる必要がありそうだな……。

「そなたらのような野良犬を雇うとは、どうせたいした人物でもあるまい」

と、挑発すると、案の定、髭面が易々と釣られてきた。

「野良犬だと!? このわしを誰と心得る! 宇喜多《うきた》家中にその人ありと謳われた高城《たかぎ》玄番《げんば》ぞ! 今の後ろ楯は本多正純様じゃあ!」

「なぁんと」

信十郎は、大げさに驚いた顔をして見せた。実際にすこし、驚いていた。

——本多正純? 幕府の重鎮ではないか……。

辻斬りを取り締まりたいのなら、町奉行所や目付の尻を叩けばよい。それができる立場だ。わざわざ浪人組を組織する理由などないであろうに。

——やはり、表沙汰にできぬ何かを企んでいる、というわけだな。

もうすこし、首を突っ込んでみるか、と、信十郎は思った。

それに、鬼蜘蛛の待つ渥美屋に戻るのが、少々気重でもあったのだ。

信十郎はにこやかに笑みを浮かべ、髭面に歩み寄った。

「お見それいたした高城殿！　ご無礼の段、ひらにお許しくだされ」

「うむ」

よほど単純な性格なのか、高城は早くも気分を直しかけている。

信十郎はさらに親しげに笑顔を向けた。

「いかがでござろう、それがし、九州から出てきたばかりで知己《ちき》もござらぬ。高城殿のご配下にお加えくださらんか」

「現金なやつめ。しかしお主、なかなかの手練《てだれ》と見た。この玄番を前にして物おじせぬ度胸も見事だ。……今は一人でも多くの手勢が欲しいとき。よかろう、ついてまいるがよい」

かくして信十郎は高城玄番の浪人組に従い、運命の駿河台へと向かっていった。

三

秀忠は本丸御殿を世子家光に譲り、自らは西ノ丸ですごすことが多くなっていた。

将軍職を家光に譲ったのちは、大御所として西ノ丸から天下に号令するつもりであった。

「なんだと!?」

秀忠は西ノ丸御殿の書院にあって、関東郡代、伊奈忠治の報告に目を丸くさせた。

「家光が市中を徘徊いたしておる——だと!?」

驚愕のあまり視線が定まらない。

「但馬！　そのほう、倅の十兵衛からはなんと聞いておる！」

下段の間に柳生宗矩が平伏している。恐縮のあまり顔も上げられぬありさまだ。日本を代表する剣客が、首筋から耳まで赤く染め、額には冷や汗まで滲ませていた。

「申し訳ございませぬ!!」

「申し訳ないではわからぬ！　どういうことか、説明せぃ！」

宗矩は十兵衛がしでかした事実を包み隠さず伝えた。秀忠の顔面は、赤くなったり青くなったりした。

「なにゆえ、市中などに……」

今度は忠治が答えた。

「若君様は、辻斬りの噂をことのほか気に病まれ、やむにやまれず——という次第にございますれば……」

「やくたいもない！」

秀忠も辻斬りの頻発は気に病んでいたし、辻斬りの正体は家光だ、あるいは忠長だ、などという流言飛語が飛び交っている事実も知っていた。

だが、まともに取り合う必要も感じていなかった。なぜなら、そんな話を信じる人間は、よほどの暗愚か白痴であろうからだ。大名であれ民草であれ、まともな判断力を持つ者なら、ここまで馬鹿げた噂話を信じるはずもなかった。

と、そこへ、夜中にもかかわらず、足音高く走り込んできた者がいた。

「上様！」

息を弾ませ着衣を乱した稲葉正利が、はるか下座に平伏する。

「中将忠長様、今夕、御城外へ微行にございまする!!」

秀忠はまたしても愕然とさせられた。

「なんと！　家光につづき、忠長もか！」

これは偶然とは思えない。

「ま、まさか……」

秀忠は、恐ろしい推測に思い当たって、そのおぞましさに身を震わせた。

「まさか、家光と忠長め、何者かの策謀に乗せられたのではあるまいな⁉」

宗矩がハッと顔を上げる。秀忠も、宗矩も、徳川に巣くった南朝遺臣の恐ろしさ、陰謀の巧みさは知り尽くしていた。

さらにその直後、宿直《とのい》の近習が血相を変えて走ってきた。

「市中に火事でござるッ！　駿河台より出火にございまするッ！」

「なにぃッ⁉」

秀忠は北の窓辺に駆け寄った。白漆喰で塗り込められた桟越しに、市中の火事が遠望できた。

「これは……」

燃え盛る炎が夜空を焦がしている。火の粉が宙を舞っていた。

「よもや、家光と忠長が向かった先というのは、駿河台ではあるまいな……」

さらに、別の近習が走り込んできた。

「申し上げます！　大納言様ならびに甲府中将様、市中にてお斬り合い！」

「なんと……‼」

秀忠は愕然と大口を開けて固まった。痩せた身体がグラリと揺れた。宗矩は慌てて駆け寄って支えた。そして、秀忠の代わりに訊ねた。

「して、その場所は！」

「駿河台にございまする！」

もはや間違いあるまい。何者かが裏で絵を描いている。家光、忠長、もろともに始末しようという陰謀なのだ。

「御免！」

宗矩は袴の裾をたぐり上げ、駆けだした。

「待てッ！」

と、そのとき。秀忠が決然と呼びとめてきた。宗矩が振り返ると、幽鬼のように青ざめた顔つきで、秀忠がフラフラと歩んできた。

「わしも行くぞ」

「上様！　危のうございまする！　もしやすると、これは、上様をおびき出すための策なのかもしれませぬぞ！」

家光、忠長そのものが暗殺の標的ではなく、秀忠をおびき出すための餌だったとしたら。まんまとその罠に踏み込んでいくこととなろう。

「かまわぬ」

秀忠は、青黒い顔つきながら、しっかりとした口調で答えた。

「二人の子に先立たれて、わし一人生き残ってなんとする。……あの馬鹿息子どもをとめられるのはわしだけだ。わしが行く。たとえ、何が待ち構えていようと、息子どもの危機を見すごしにできようか」

一人の人間としての秀忠、父親としての秀忠が、そこにいた。

「宗矩よ、なんのために柳生を扶持していると思うか。それほどに危険なのなら、命に代えて余を護れ。将軍家に仇なす者ども、一人残らず討ち取れ。さあ、行くぞ」

秀忠は西ノ丸大手門に向かう。宗矩は、西ノ丸詰めの勤番衆を招集するとともに、柳生屋敷に使いを走らせ、屋敷内の者どもすべてを呼び寄せる算段をした。

だが、勤番衆は別として、柳生の門弟は間に合いそうにない。いざとなれば、宗矩一人で戦わねばなるまい。

四

それより一刻ほど前——。
家光は十兵衛を先頭にして暗闇の中を進んでいた。日本橋方面より中山道沿いに駿河台方面へと向かう。月も沈んで空は真っ暗だ。頼りになるのは小姓たちが手にした松明《たいまつ》だけであった。

暗いし、寒いし、なにより疲労が甚だしい。

夜ごとの市中探索だが、家光はそろそろ飽きがきはじめていた。もともと根気のある性格ではない。辻斬り狩りだ、などと意気込んでみたものの、そうそう辻斬りと邂逅できるはずもなかった。無人の静まり返った町家を彷徨しているうちに、馬鹿馬鹿しさばかりが募ってきた。

——十兵衛よ、そろそろやめにせぬか。

と、言いかけたとき、

「うわーっ！」

と、二町ほど向こうの町人地から、男の悲鳴が聞こえてきた。

家光は小姓と顔を見合わせた。小姓も目を丸くさせている。一人、十兵衛だけが走り出た。

「待てッ、十兵衛！」

家光も慌ててあとにつづく。

掘割の橋詰に恰幅のよい町人が倒れていた。どこか斬られているらしいが暗くて傷口も見えない。生臭い血臭だけが漂っていた。

「しっかりせよ！」

ピクピクと身を震わせる町人を、十兵衛が抱き起こした。

「お、お武家様、お助け……」

「辻斬りはどこだ！」

町人は震える指を伸ばして、北向きの小路を指差した。

十兵衛は怪我人を乱暴に転がすと、指差されたほうへ向かった。

家光は「あッ、これ」と叫んで十兵衛のあとにつづこうとして、ふと、小姓の一人に振り向いた。

「そなたはこの者を、どこぞの番所まで運んでやれ」

と、命じて十兵衛を追って走った。

その様子を屋根の上から黒装束の忍びが見ていた。

甲府中将忠長と数名の小姓たちは、北ノ丸から平川沿いに駿河台へと向かっていた。

こちらも頼りになるのは松明だけである。憎い辻斬り――その正体は家光、を必死の形相で追い求めていた。

そのとき、何者かがフラリ、と、一行の前に躍り出てきた。乱れた垂らし髪に派手な小袖の若い娘だ。白い首筋が夜目にもはっきりと見て取れた。

女は、忠長を認めると、意味ありげな流し目をくれてニヤリと笑った。

忠長は、おもわずゾッと背筋を凍らせた。この夜中に娘の一人歩きとは異常である。

——狂女か。

と思った瞬間、フラフラと千鳥足だった女がドンッと、ぶつかってきた。

「あッ！」

と叫んだ瞬間には、腰の脇差しを奪われていた。女は真後ろに二間ほど飛んで、ケラケラと笑い声を張りあげた。

「女盗賊か！」

忠長は太刀の柄に手をかけた。小姓たちも前のめりになって怒気を散らす。

「殿のお脇差しが！」

「奪い返せ！」

小姓らが走りだしたときには、もう、女は身を翻《ひるがえ》していた。細い身体で飛ぶように走る。鮮やかな小袖が闇に揺らめいた。

十兵衛と家光、そして小姓らは、闇の中を北へ走った。と、前方から何者かが走ってくるのに気づいた。

——女だ。

十兵衛は咄嗟に刀に手をかけた。鮮やかな小袖を着けた娘がやってくる。女は、家光たちを認めると、

「お助けください！　辻斬りに追われて——」

と、叫び、叫び終わる前に、どっと十兵衛の足元に倒れた。

「娘！」

家光が女のもとに走り寄る。と、そのとき、娘のあとを追ってきたのであろう、若い侍の一団がワラワラと足音も高く迫ってきた。

家光はカッと赫怒《かくど》した。

——おのれ！　ついに出会ったか、余の膝元を騒がす辻斬りどもめ！

スラリと刀を抜く。小姓らも家光に倣《なら》った。

忠長は、自分が追っていた娘が、若い武士たちの足元に倒れているのを見た。しかもその者たちは白刃を抜いている。出会い頭に女を斬ったに相違なかった。

――辻斬りか！

忠長は太刀を引き抜いた。

家光は、闇の中から太刀を手にした若侍が姿を現すのを認めた。どうやらこの者が辻斬り集団の頭目らしい。

十兵衛が、手にした松明を若侍の足元に投げた。炎に下から照らされて、若侍の顔が明るく浮かび上がった。

家光は、自分が目にしたものが信じられなかった。なんのかんのと言っても肉親である。心のどこかで信頼する気持ちは残っていたのだ。

だが、それを一瞬にして踏みにじられた。家光の心の中で、憤怒がメラメラと燃え上がってきた。

「忠長!!」

弟も、一瞬驚いた顔をして、それからみるみる表情を険《けわ》しくさせた。家光の目には、悪事のばれた弟が、開き直って殺人鬼の素顔を曝《さら》したように映った。

――忠長!! 自ら手で民を斬り、その罪をこの兄になすりつけておったかッ!!

情けないやら悔しいやら。家光は身の置き場もないほど憤った。

忠長もまた、辻斬りの正体に驚いていた。

——まさかまさか、ほんとうに兄上が辻斬りだったとは……!!

常々から、暗愚で精神の均衡を欠いた兄だと馬鹿にしていたのではあるが、まさか、ここまでの狂人だとは思わなかった。忠長は、むしろ、おのれの自尊心が傷つくのを覚えた。

——徳川家の面汚しめが！　もう兄とも思わぬ！　我が手で成敗してくれる！

弟みずから兄の素っ首を斬り落とし、東照神君様の霊廟に供えてお詫びする。それ以外の方法では先祖に顔向けができそうにない。

忠長は白刃を高く構えた。

十兵衛は、

——この娘、何かが怪しい……。

と、感じていた。

フラフラと逃れ込んできたが、怪我をしている様子はなかった。血の臭いも感じられなかったのだ。逆に、忍びの者らしい気配を濃厚に漂わせていた。

女はまだ、地面に倒れている。十兵衛は、油断なく構えて歩み寄った。

と、そのとき、背後で刀を打ち合う音が聞こえてきた。十兵衛はハッとした。

「若君！」

なんと、家光と忠長が白刃を振るって斬り結んでいる。家光は柳生新陰流の、忠長は小野派《おのは》一刀流の手ほどきを受けていた。どちらも将軍家御家流だ。

「キエェイッ！」

「応!!」

互いに手腕は五分と五分。若殿らしいまっすぐな剣だ。一合一合憎しみをこめて打ち合っている。凄惨である。

それぞれ二組の小姓たちは、さすがに手を出しかねてオロオロと見守っていた。

そのとき、倒れていた娘が、十兵衛の動揺を見て取り、いきなり立ち上がって逃れ出た。

「しまった！　やはり忍びか！」

まんまと女忍者の手管《てくだ》に嵌《は》められ、徳川家の後継候補者二人が殺し合いに突入してしまった。十兵衛は臍《ほぞ》を噛んだ。

「おやめくだされ！　これは罠にござる!!」

と叫んだそのとき。

大路の彼方から喚声をあげて突入してきた一団があった。粗末な衣服に身を包み、髭や月代すら満足に剃れぬ浪人たちだ。

「あそこにおったぞ！　辻斬りじゃ！　討ち取れ!!」

「辻斬りを討ち取った者は、御直参に推挙されるぞ!!」

二重三重の罠だった。今ここで浪人集団に斬り込まれたら、家光も忠長もなす術なく殺されるであろう。

十兵衛の鳶色の目が妖しく燃えた。腰の剛剣を引き抜くと、怒りとともに浪人の群れに斬りかかっていく。

「イエエエエエィッツ!!」

太刀が斬り下ろされ、浪人どもが血飛沫をあげて昏倒した。


「これはなんとしたこと!?　はや、始まっておるぞ！」

高城玄番が率いる浪人組は、駿河台方面の騒ぎを聞きつけて走ってきた。その途上、別の浪人組がすでに乱戦に参加していると知って、わずかながら焦りを見せた。

「しゃっ、本多正純様は、我らのほかにも浪人組を雇っていたのか！」

玄番組だけではない。騒ぎに気づいた浪人たちが我も我もと駆けつけてくる。いったい、江戸のどこにこれほどの浪士が隠れ住んでいたのだろうか、と疑問に感じるほどの人数だ。手にした松明が川の流れのように見えた。

浪人たちは明かりを取るため、松明を好き勝手に投げつけはじめた。町家に炎が移って燃え上がった。

街じゅうが炎に包まれていく。火炎の中を黒々とした浪人たちが武器を手にして走っていく。まさに地獄絵図の様相だった。

玄番は呻いた。

「こうなれば早い者勝ちよ！　辻斬りを討ち取った者が一番手柄じゃ！　行くぞ、皆の者！」

「応!!」

と答えて浪人どもが走りだす。信十郎も最後尾につづいた。

広小路の先で乱戦が繰り広げられている。中心で斬り結んでいる若侍二人と、利剣を振るって奮戦中の隻眼の男、そしてやたらと身が軽い老人の姿が目についた。

玄番と浪人たちには何が何やらわからない。浪人の一人が玄番に訊ねた。

「げ、玄番殿、いったい、どやつが辻斬りなのでござろうか？」

玄番にもさっぱりわからない。誰が辻斬りで、誰が辻斬りを捕縛にきた者であるのか見分けがつかぬ。

「ええいッ！　かまわぬ！　怪しい者どもを一人残らず斬って捨てィ！」

どうせ、辻斬りか、辻斬り狩りの浪人だ。辻斬りを斬れば手柄になる。浪人を斬れば手柄の横取りになる。この頃の武士、なかんずく浪人などという手合いの思考はその程度のものだった。

「かかれィ！　かかれィ！」

玄番が叫んだ。浪人たちは目を血走らせ、雄叫びをあげ、獲物を狙う獣のように駆けだした。かつて戦場で習い覚えた兵法と、長い浪々暮らしで研ぎ澄まされた栄達への渇望が瞬時に奔騰した。

信十郎は、ひとり冷静に彼方の乱戦を眺めている。

——あれは……。

柳生十兵衛の姿が目についた。信十郎も、十兵衛が家光の小姓であることは知っていた。

——ということは、あの若君のどちらかが家光殿か。

もう一人の若君が誰なのかはわからない。が、若君を庇《かば》って背後を護る老人はただ者ではない。そうとうの忍家であろう。あの老人を雇えるほどの若君なら、それ相応の大名であろうと思われる。

――甲府中将忠長殿か。

いずれにせよ、とんでもないことになっている。あの二人のうちどちらかでも斬られれば、あるいは両方とも死ねば、日本はふたたび戦国時代に逆戻りだ。

――そうはさせぬ！

なんとしてでも若君二人を助け出さねば、と、走りだそうとしたとき、

「待て！」

信十郎の腕を摑む者があった。

驚いて振り返るとキリであった。炎が赤くキリの横顔を照らしている。信十郎の腕を押さえつつ、真剣な眼差しを向けてきた。

「行くな！　あれは徳川の内紛だ。信十郎には関係のなきことであろう！」

言われてみれば、そのとおりである。――だが。

「いや、やはり、救わねばならん。あの若君二人に日本の偃武がかかっておる。死なせるわけにはいかん」

「信十郎の愚か者！」

キリが前に回ってきた。両手で信十郎の両腕を握った。

「徳川が滅びぬことには、オレも信十郎も、世の表に出ることができぬのだぞ！　このまま一生日陰者で終わる気か！　オレは、そんな信十郎を見たくない！」

信十郎はキリの目を見つめた。キリは、唇をへの字に曲げて見つめ返してきた。

信十郎は、ニコリと笑った。

「何度も言わせるな。俺の望みは民びとが安心して暮らせる日本をつくることだ」

キリの手を優しく振りほどくと、乱戦めがけて走りだした。

「信十郎！」

キリの悲鳴が背後から聞こえてきた。が、信十郎は振り返らなかった。

家光と忠長は必死になって斬り合っている。もう何合、太刀を合わせたかわからない。せっかくの名刀も刃こぼれをしてノコギリのようになっていた。

二人の背後を十兵衛と望月余五郎が護っている。群がりくる浪人たちを右に左にと斬り捨てていた。

「若君、早う仕留められよ！」

十兵衛が声をかければ、

「いま一押しでござるぞ、中将殿！　そりゃ、打ち込め！」

余五郎が励ました。二人とも、若君二人に存分に斬り合いさせることだけ考えていて、助太刀をする気など毛頭ない。そのせいで、武道不心得な若君二人は延々と戦いつづけるハメに陥った。

二人とも気息奄々《えんえん》だ。小さな怪我は数知れず、絹の装束もボロボロに裂けている。だが、密に織られた布地というものは意外に丈夫で、刃をまっすぐに振り下ろさねば切り裂けない。そして二人にはそれだけの腕がなかった。

しかも二人は防御にばかり気を割いている。我が身ばかりが可愛い若殿であるし、また、彼らが学んだ剣術自体が防御の性格を帯びていたからだ。

若君が暗殺者の太刀を防いでいるうちに、十兵衛なり余五郎なりが横から仕留める――ということを前提にした剣術を指導されていたのである。

そんなわけで、防御ばかりが一流で、攻撃はさっぱりの剣術だ。時間ばかりかかって、さっぱり勝負が進まない。

その間も、四方八方から浪人の群れが次々と湧いてくる。いったい何事が起こってしまったのか、十兵衛にはさっぱりわからなかった。

「でえいいッ！」

　また一人、浪人者を斬り倒した。十兵衛の刀は血糊《ちのり》でギタギタに汚れている。切れ味が鈍ってきた。太刀を捨てると、そいつの刀と取り替えた。

「十兵衛殿！　柳生十兵衛殿とお見受けいたす！」

　背後から老人が声をかけてきた。十兵衛は周囲に視線を光らせたまま背中で答えた。

「なんじゃ!?」

「これは、なにやら様子がおかしい。我らは嵌められたのではなかろうか」

　老人に言われるまでもない。家光が城外を彷徨していると知った何者かが、暗殺団を差し向けてきた、としか考えられなかった。

「いかにして切り抜ける!?」

　老人に訊ねた。集まってきた浪人どもは二百人を超えようか。浪人とはいえ戦場往来の古強者。十兵衛の利剣をもってしても捌ききるのは難しい。

「柳生の手勢はいずこにござる。御本丸の旗本衆は!?」

「我らは無断で城を抜け出してきたる者！　そのような者がいずこにおろうか」

　老人が失笑する気配がした。

「我らもまた同じ」

これはいよいよ駄目かもわからぬ。自分たちだけなら切り抜けることもできようが、若君二人を庇いながらでは不可能だ。

――仕方がねぇや、ここで死ぬか。

馬鹿殿の馬前で死ぬのは業腹だが、そうなってしまったものは仕方がない。せめてものこと、斬って斬って斬りまくり、後世の語り種になるほどに奮戦して死のうと心に決めた。

「デヤアッ！」

突進してきた浪人二人を、ズンッ、ズンッと、斬り下ろした。それぞれ肩口を斬り下ろされた浪人は、絶叫とともに崩れ落ちた。

その直後、炎の中から手槍が突き出されてきた。

「グッ！」

槍身の先が十兵衛の脇腹を突く。十兵衛は咄嗟に剣を振り下ろし、槍身の根元、口金の部分を払った。

腹に刺さり込んでいた槍が抜ける。脇腹の肉が三寸ばかり切り裂かれた。広がった傷口から血が噴き出してきた。

さらに横合いから別の一隊がなだれ込んできた。

「辻斬りの首、もらった！」

巨漢が体を浴びせてきた。十兵衛は刀の鐔《つば》で受けとめる。斬られた脇腹に激痛が走った。

踏ん張りきれずに身体を回す。巨漢が前につんのめるところへ斬り下ろした。

「ぐはぁうっ！」

巨漢が呻く。十兵衛の刀は巨漢の首を後ろから斬った。

だが、手応えが浅い。腕に力が入らない。

一方、家光と忠長も、斬り結ぶ最中に横から斬りつけられ、慌てて背後に飛び退いて避けた。

「何事かッ！」

家光は、ようやく、自分たちの周りが火の海で、さらに四方を浪人どもに囲まれていることに気づいた。慌てて周囲に目を向けるが、小姓たちはどこかに消えて、頼りの十兵衛も脇腹から袴にかけてを血でドロドロにさせていた。

浪人どもは悪鬼のように迫ってくる。家光は激しく狼狽した。逃げ道が見つからない。

「あそこぞ！　討ち取れ！」

功名に駆られ、血に飢えた浪人どもはジリジリと包囲の輪を狭めてくる。ドンッと背中に何かが当たった。見ると忠長の背中であった。

「忠長ッ！　これは忠長の差し金かッ⁉」

「違いまする！」

「よく見ろ忠長ッ！　こやつら、徳川に仇なす浪人どもぞッ‼」

事情を知らぬ二人には、たしかにそう見えたであろう。

「兄上ッ‼」

たった今まで斬り合っていたのに、今度は互いの背中を護り合う格好になっている。燃え盛る町家の柱がメリメリと倒れた。凄まじい火の粉が吹きつけてきて、家光と忠長は同時に激しく咳き込んだ。

髭面の大男がヌウッと前に踏み出してきた。高城玄番である。

「これまでぞ、辻斬りども。うぬらにはなんの怨みもないが、うぬらの首一つで我らは百石取りの旗本だ。悪く思うなよ」

野太刀を高々と振り上げた。丸太のように太い腕だ。家光と忠長の細い首など二人同時に刈り取られるであろう。

「ひいッ！」

家光と忠長は悲鳴をあげた。

十兵衛は必死に立ち上がろうとした。だが、急激な失血で腰に力が入らない。あの老人は、と見れば、遠くで浪人どもに囲まれていた。

──くそっ……！

家光や徳川家を敬愛しているわけではない。わけではないが、家光だけは、何がなんでも護りきらねばならなかった。これはおのれの矜持の問題だった。

だが、その使命も果たせそうにない。こともあろうに十兵衛の目前で、家光が殺されようとしている。

だが、そのとき、

「ぐわっ!!」

玄番が呻いて身をのけ反らせた。こめかみから血を噴き出している。どこからともなく投げつけられた石飛礫《いしつぶて》が、玄番の頭部を襲ったのだ。

「なにやつ！」

一瞬よろめいた玄番だったが、即座に体勢を立て直し、飛礫が来た方向を睨んだ。

十兵衛も視線を向けた。そして、

──あの男だ！

飛礫を投擲した姿のまま、腕を伸ばして信十郎が立っていた。

玄番は唸った。

「おのれは！　裏切る気か⁉」

信十郎は足元の地面から手頃な石を拾い上げ、片手の内でポーンと弄《もてあそ》んでいる。

「裏切る？　滅相もない。玄番殿、そいつらは辻斬りなどではござらぬ。無益な殺生、いや、それ以上の凶事。悪いことは言わぬ。手を引かれよ」

「馬鹿な！　ここまできて引けるか！」

玄番が手槍を突き出した。

「かまわぬ！　叩き殺せ！」

おうっ、と応じた浪人たちが殺到してくる。一組は信十郎に、別の組は家光と忠長に襲いかかった。浪人暮らしの困窮で理性も道徳も失われている。まさに餓狼の群れだった。

信十郎はスルスルと走りだした。能役者が〝橋懸《はしがかり》〟を往く姿に似ていた。

浪人二人が迫ってくる。血刀を抜いて振りかぶった。血走った目が見開かれている。歯を剝き出しにした口唇から、野太い雄叫びがほとばしった。

信十郎は左手で刀の鞘を握ると、親指で鯉口を切った。右手を柄に添える。腰にひねりを加えると同時に、二尺六寸の金剛盛高を抜ききった。

ビュンッと切っ先が鳴る。浪人は腹部を裂かれ、雄叫びの表情のまま転がった。腹から腸が溢れ出ている。腰をビクビク痙攣させつつ絶命した。

信十郎は見向きもせずに突進した。二人目の浪人とすれ違いざまに斬りつける。浪人の顔が歪む。瞬時に斬られた喉元から噴水のように血潮が噴き出してきた。

「おおっ！」

抜く手も見せぬ居合技の凄まじさに浪人衆が動揺した。信十郎の突進にサッと包囲の輪を開けた。

信十郎は家光と十兵衛のそばに身を寄せた。

「ようまいった！　そのほう、目付か、町奉行所の者か。いずこの手の者だ」

家光が声をかけてくる。信十郎のことを旗本だと勘違いしているらしい。

信十郎はそれに答えず、

「ご油断召されるな」

と応えた。

十兵衛もフラフラと立ち上がった。信十郎を恨めしそうに睨《ね》め上げてきた。

「よりによって、こんなときに出てきやがって……」

信十郎はチラリと見た。青白い顔つきながら悪態をつく元気はあるようだ。

「お主まで護ってやる余裕はない」

「うるせぇや。うっちゃっておけい」

「ええいッ、何を臆しておるッ！　相手はたかだか数人ではないか、押し包んで討ち取れ！」

玄番が叫んだ。『宇喜多家中にその人あり』という謳《うた》い文句は真実であったのかもしれぬ。切所の際において将才を発揮させている。

火事はどんどん燃え広がる。さらには血臭が漂ってくる。痩せ衰え、失うものなど何もない浪人衆は野獣のごとき闘争本能を剝き出しにさせた。

「うおおおおお〜〜〜〜〜ッ!!」

抜き身の血刀を振りかぶり、浪人たちが四方八方から斬り込んできた。信十郎は切っ先を高々と右上方に突き上げ、太刀を甲段に構えた。浪人が間合いに踏み込むと同時に斬り落とす。相手の襟を、襟の形に斬りつけるゆえに『衣紋《えもん》』と呼ぶ。タイ捨流の誇る斬撃に、浪人は一太刀で絶命した。

信十郎は踏み替え踏み替え太刀を振るった。体をかわしながら斬りつづける。さながら一手の舞を見るかのごとき姿だ。

負けじと十兵衛も前に出た。信十郎のおかげで浪人の隊列が乱れている。これなら手負いでも十分だ。柳生新陰流の剛剣を振るい、群がる浪人どもを斬り捨てた。

「これは……」

家光は声を失った。

華麗に舞う信十郎の剣と、虎のごとくに力強い十兵衛の剣。背景には炎。飛び散る火の粉。——息を呑むような美しさだ。

家光の中で何かが激しく燃え上がった。おのれの身内に湧き起こった何かに突き動かされ、徳川重代の太刀をかざした。もはや将軍家世継ぎでもなく、正三位大納言でもなく、ただ一匹の男に戻って剣を振り下ろした。

「ダーッ!!」

剣を素直に斬り落とすと、目の前の浪人が頭頂部から血を噴き出して倒れた。手元には、ザックリと斬り立てた手応えだけが残された。

家光は、自分の身体に柳生の稽古が染みついていることに気づかされた。稽古のままに剣を使えば、痩せ浪人など一刀のもとに倒せるのだ。

と、

「兄上!」

背後で斬撃の気配がした。同時に、家光の背後に回り込んでいた浪人者が倒された。振り返れば忠長が血刀を掲げている。小野派一刀流の斬撃で兄の命を救ったのだ。

「忠長！」

家光はニヤリと笑いかけた。返り血を浴び、顔半分を真っ赤に染めた忠長も、嬉しそうに微笑した。

「まいるぞ忠長！　まずは徳川に仇なす者どもを成敗するのじゃ！　兄弟喧嘩は後回しぞ！」

「承知！」

新陰流と一刀流、兄弟剣で浪人たちに斬り込んでいく。

将軍秀忠は白馬に跨り疾走していた。その左には騎馬の宗矩がピタリと並走している。さらに背後には西ノ丸番衆がおっ取り刀で追走していた。

——間に合ってくれ！

秀忠は必死に祈りつづけた。息子二人が兄弟同士で斬り合うことももちろんだが、市中に湧いて出た浪人どもが穏やかではない。秀忠は南朝の血をひく将軍だ。闇の者どもの手口は知り尽くしている。

——何者かが陰で動いておる！　家光め！　忠長め！　まんまと敵の手の内にのせられおって！

火事場に馬首を向け鞭を入れた。漂う煙が目に染みた。火の粉まで吹きつけてくる。浪人者の一団が路を塞《ふさ》いでいた。

「下がれ下郎！」

秀忠は鞭で浪人どもを打ち据え、馬蹄にかけて踏み越えた。普段の小心、温厚さからは想像しがたい勇姿だ。

つづいて宗矩、西ノ丸番衆の騎馬が突っ込んでくる。軍事教練された軍馬は人を踏むことを躊躇《ためら》わない。哀れ浪人者の一団は散々に踏み砕かれて肉塊となった。

「いたぞ！」

秀忠はついに、息子たちの姿を発見した。そして、

「むむっ！」

秀忠は手綱を絞って馬をとめた。

若者四人が戦っている。そのうちの二人は家光と忠長だ。

「なんと！」

あれほど仲の悪かった二人が、互いに庇い合いながら白刃を振るっている。兄は弟

の身を気づかい、弟は兄を助けて戦うのだ。

秀忠はおのれ自身の目が信じられなかった。

兄弟の先頭に立って戦っている若者にも目を奪われた。

凄まじい手際である。一見、舞でも舞っているかのごとき優雅さだが、ヒラリヒラリと身を翻すたびに、浪人が血飛沫を噴き上げて昏倒した。剣術に疎《うと》い秀忠の目で見ても、恐るべき剣客だと見て取れた。

――かの者は、いったい……。

どうやら、息子二人が無事だったのは、かの剣客の働きあってのことだと思われた。

と、宗矩が「かかれ！」と号令した。西ノ丸番衆らが「応」とこたえて乱戦の只中に突入していく。若君二人を取り囲んでいた浪人たちが切り崩された。

「若君をお救いいたせ！」

宗矩が馬上から太刀を斬り下ろす。たちまちのうちに数人の浪人が倒された。

宗矩と番衆の活躍によって、家光と忠長は窮地を救われた。

「家光！　忠長！」

秀忠が息子二人に馬を寄せる。二人は妙に晴れがましい笑顔を向けてきた。

秀忠に、さまざまな感情が一気に押し寄せてきた。

「この大馬鹿者どもッ!!」

秀忠は涙しながら大喝した。

五

本多正純の屋敷、書院の濡縁《ぬれえん》に立った正純が、庭先に跪坐《きざ》した家臣を見下ろしている。

家臣は身を低くして報告した。

「ハッ、手配した浪人ども、残らず討ち取られましてございまする」

「服部半蔵はどうした？」

「半蔵家の者ども、動かず終いのように見えまする」

「失敗した、だと？」

「なにゆえだ」

「皆目、見当もつきませぬ」

正純は唇を噛みしめた。鋭い眼光を夜空に向けた。

「まぁよいわ。ほかにいくらでも手はある」

書院に入ると、後ろ手に障子をピシャリと閉めた。

西ノ丸御殿の上段に、秀忠がグッタリと腰を下ろしていた。珍しく雄々しき振る舞いをした反動でか、身体の芯から疲れ果てていた。

「この不始末、なんとつける」

下の間には柳生宗矩が恐懼《きょうく》している。顔も上げられぬありさまでひたすら身を震わせていた。

「む、息子には切腹をお許しくださいますよう、願い奉り——」

「うぬの息子のせいではあるまい」

秀忠も、宗矩も、今度の暴挙の首謀者は家光だと信じている。十兵衛は家光に強要されて、城外に出る手助けをさせられたのだと信じていた。十兵衛が家光を城外に引き出さねばならない理由が思いつかなかったからだ。

秀忠は、白扇をしきりに、開いたり閉じたりさせた。パチリパチリと耳障りな音が書院に谺《こだま》した。

「それにしても……、あの男、何者だったのか」

炎の中で戦っていた謎の剣士。西ノ丸番衆が突入したときには、もう、姿をくらませていた。家光も忠長も、かの者は味方だったと証言した。しかし、将軍家直轄軍たる番衆にも、伊賀や甲賀などの組衆にも、該当する者がいなかったのだ。

「宗矩、そちはどう思う」

宗矩は平伏したまま答えられない。

柳生は大和の豪族で、伊賀や甲賀とも関係が深い。当然のことに、信十郎の正体を摑んでいた。

だが、この事実をどう扱ってよいものか判断がつきかねている。秀忠に真実を告げたとき、この将軍がどんな反応を示すか予想がつかないがゆえに恐ろしかった。

まかり間違えば、徳川幕府が吹っ飛ぶことになるのである。

「それがしにも、わかりかねます」

そう答えるよりほかなかった。

第六章　ふたつの作意

一

「おのれ正純！」

江戸城紅葉山の東照社で、宝台院が激怒している。

「忠吉、忠輝につづいて、家光、忠長までをも手にかけんとするか！」

御簾の裏に、男の影が浮かび上がった。キリキリと歯噛みする音が聞こえてきた。

「正純めをこれ以上、野放しにしておくわけにはいかんぞ……」

幾歳とも知れぬほど齢を重ね、気長に策略を巡らせることを得意とする南朝皇帝をもってしても、正純の暗躍には腹を据えかねている様子だ。

宝台院は振り返って「ははっ」と拝跪した。

「陛下、今すぐにでも正純を始末せねばなりませぬ。さもなくば、我らの母子まで、危《あや》うぅございまする」

「そうは申すが、手立てはあるのか。言うまでもないことだが、正純めは三河武士どもの輿望《よぼう》を担っておる。三河武士ども、無能とは申せ結束は固い。そして皆々、そのほうら南朝遺臣を憎んでおる」

三河武士には、家康の草創期から身命を削って奉公してきたという誇りがあった。徳川家が天下を取れたのは自分たちのおかげだ、と思っている。

それはたしかに、そのとおりなのだ。

が、天下を取った家康に必要とされた人材は、槍一筋の武辺者ではなく、さまざまな知識と技能をもったテクノクラートであった。

田舎武士の集団だった徳川家において、家康の期待に応えられたのは、井伊直政、大久保長安を筆頭とする南朝遺臣のほうだったのである。

かくして、三河武士と南朝遺臣との確執は決定的になった。

南朝遺臣の集団は、南朝の御子・秀忠を二代将軍に据えることに成功したが、忠吉・忠輝兄弟を失い、井伊直政、大久保長安、服部半蔵を殺された。その暗闘の余波がいまだに尾を引いている。

黒い影はため息まじりにつづけた。

「正純めを討つのはたやすい。だが、その結果として、徳川家そのものまで潰れたのでは意味がない。豊臣家の滅びの様を思い出すがいい」

豊臣家も、家臣が二つに割れたことが原因となって滅亡した。巨大になりすぎた家には、分裂の危険が絶えずつきまとっている。

「南朝方の徳川家が潰れたのでは、これまでの苦労が水の泡じゃ」

徳川軍の根幹である三河武士団の軍事力は温存したまま、正純だけを排除せねばならない。それは至難の技に思えた。

が。

宝台院は神楽面の下でニヤリと笑った。

「ご案じ召されまするな陛下。わらわによき手立てがござりまする」

「なんとする」

「正純めは、我ら将軍家に害意を向けし謀反人。ならば、その謀叛を大きく膨らませて、世に知らしめればよろしゅうございまする」

「ふむ。それで」

「間もなく、秀忠が日光社参《にっこうしゃさん》に赴きまする」

下野国《しもつけのくに》日光山に家康の亡骸が移されたばかりだ。日光東照社（のちの東照宮）の造営が完成し次第、秀忠が自ら社参して、盛大な法要が営まれることとなっている。

「その道中、秀忠は宇都宮に泊まりまする」

野州宇都宮は奥州街道と日光街道の追分であり、江戸の北方防衛の要《かなめ》である。三河武士らが移住して、江戸の衛星都市を形成していた。小田原、甲府、川越と並ぶ幕府の軍事拠点であった。

今、宇都宮の城主を務めているのはほかならぬ本多正純である。

宝台院は、面から覗いた唇を卑しげに歪めさせた。

「社参の折、正純めが秀忠暗殺を図るのです」

「なんと？」

虚を衝かれたのか、黒い影が身じろぎした。

「まさか。あの正純が、そのような見え透いた手口を使うはずがない。秀忠近衛の者どもの目を盗むことが難しかろうし、仮に成功したとしても、そのあとの対処のしようがなかろう」

これではまるで明智光秀である。たとえ主君の暗殺に成功しても、暗殺の大義名分がなければ、寄ってたかって攻め潰されるだけだ。利口者の正純が、そのような下策を企図するはずがなかった。

しかし。宝台院はえたりと頷いた。

「むろんのこと、正純めがかような愚挙に及ぶはずがございませぬ。我らの手で、暗殺の用意を進めるのです」

「なんと」

「正純めが気づいたときには、宇都宮で秀忠が暗殺されかかっている。むろん、その暗殺劇を仕掛けるのは我らの手の者。いわば狂言。秀忠は安全に江戸まで逃れまする。正純めには〝謀反人〟の汚名だけが残りましょうぞ」

「ほほう、なるほどのう」

「さすれば――。将軍家が謀反人の正純を殺そうと攻め潰そうと、三河武士から苦情が出ることは一切ございませぬ。綺麗さっぱり本多正純を始末して、あとは我ら、南朝遺臣の好きなように、幕府を操ることができまする」

「うむ！」

黒い影は満足して大きく頷いた。

「よきに計らえ」

御簾の向こうの灯火が揺れて、黒い影は闇の中に沈んだ。

二

「辻斬り騒動も、なんとか、片づいたようです」

渥美屋庄左衛門が不器用な手つきで茶を点《た》てながら呟いた。むろん、信十郎に聞かせるためである。

「そうですか」

茶室に信十郎が端坐している。二人のあいだで茶釜が湯気を立てていた。

「辻斬りを働いていたのは、徳川に主家を取り潰されたご浪人衆。家光様、忠長様への流言を流していたのも、また同じ。……ということで帳尻を合わせたようでございます」

信十郎には「そうですか」としか答えようがない。成り行きで首を突っ込んだ事件だが、本来なら、なんの関係もない話なのである。

「ご浪人様がたは、伝《つて》を頼って大名家やお旗本のお屋敷に身を寄せていらしたようですな。今回の一件で、ご浪人様がたを武家地の屋敷にとどめてはならぬ、という法度《はっと》が出るらしゅうございます」

この事件がきっかけとなり、浪人の武家地内居留禁止令が出るのは、この翌年、元和九年(一六二三)のことである。

「ご浪人様がたにとっては、とんだとばっちりでしたわなァ」

裏で糸を引いていたのは斉藤福と本多正純だ。彼らは無傷で、浪人たちだけ責めを負わされたかたちとなった。

「天海様は寛永寺の造営に忙しく、配下の者をお福様より引き取られたそうで。お福様はえらい膨《ふく》れてはったようですが、ま、あのお方もアホではない。しばらくは静かにしておったほうが家光様の御為《おんため》だと、すぐに気づかれますやろ」

さすがは伊賀衆の隠れ頭目である。福と天海の策謀も摑んでいたようだ。

「ま、とにもかくにも、江戸の町が静かになって、ようございました」

と、信十郎の前に茶碗を置いた。

「頂戴します」

信十郎は茶碗を取った。その様を、庄左衛門が見つめている。

「お心を乱しておられるようですな」

茶を喫し終わるのを待って、声をかけてきた。

信十郎には返答のしようもない。たしかに心の内で、キリへの思いが渦巻いていた。

あの夜以降、キリの姿は信十郎の前から消えた。半蔵屋敷で昼となく夜となく肌を合わせてきた相手だ。なにやら寂しくて仕方がない。『生木を裂く』とはこういうことを言うのであろうか。

——やはり、若君二人を助けたのがまずかったのか……。

この一件に半蔵家がどう関与していたのかはわからぬが、信十郎のせいでキリが不都合な立場に立たされている、ということは考えられた。

信十郎は庄左衛門を見た。庄左衛門は服部の一族だ。服部宗家の内情に通じているかもしれない。

が、訊ねようとした矢先、庄左衛門から先に訊ねられた。

「キリ様のことですな」

庄左衛門はニヤリと艶笑した。

「お寂しゅうございましょう。キリ様もお寂しそうになさっておられました」

「会われたのですか」

「ええ。まぁ。……半蔵家は今、忙しい最中でございますからな。なかなかこちらにお見えになることはできませせぬでしょう」

「左様ですか」

半蔵家が忙しい——ということは、つまり、何か大規模な陰謀が進行中、ということを意味していたのだが、信十郎は、ついうっかりと聞き流してしまった。

「服部半蔵殿は、何を考えておられるのでしょうか」

「何を、とは？」

「半蔵家は、誰の命令に従っているのでしょうね」

「さぁて、それは……」

庄左衛門も困り顔で首をひねった。

「半蔵家は表裏の多いお家柄ですからな。我らにも正直、測りかねます」

配下の庄左衛門にも心許さず、情報を漏らさない。忍家の鉄則であるかもしれない。

信十郎が座敷に戻ると、鬼蜘蛛が天井裏から降りてきた。

まだ、膨れっ面をしている。渥美屋に戻ってから、まともに口を利いていなかった。

信十郎が行方をくらましているあいだ、ゲッソリ痩せたり、やけ食いして太ったりして大変だったようだ。そんな過程を経て元の体重に戻ったらしく、見たところ、以前と変わりのない姿であった。

「怒っておるのか」

信十郎は座敷に座りながら訊ねた。鬼蜘蛛は信十郎の正面に座りつつ、そっぽを向いた。

「聞きましたで。あの小娘と二世を誓い合ったそうどすな」

「結果として、そういうことになるか」

何か言ってくるか、と思ったが、鬼蜘蛛は仏頂面のまま、何も言わない。なにやらかえって不安になって、聞かずもがなのことを訊ねてみた。

「どう思う」

すると鬼蜘蛛は、突き出した下唇をさらに突き出してきた。

「男と女のことや。できてしもうたもんは、仕方ないですやろ」

なにやらわかった風な口を利いた。志づの口から何事か、言い含められてきた様子である。京の遊女上がりの手練手管に堕《お》とされて、すっかり骨抜きにされている感じでもあった。

「ご正室に、お迎えなさるおつもりなのか」

「ご正室？」

浪人者の信十郎には似つかわしくない響きだ。

信十郎は考えた。

キリは、もし、子供をつくることが叶うなら、生まれる子には半蔵と名づけると宣言した。つまり、服部家の跡取りとして育てる——という意思の表明であろう。

「ははぁ」

呑気な信十郎も、ようやく事態が呑み込めてきた。

「鬼蜘蛛、どうやら俺は、ただの種馬らしいぞ」

伊賀の名族服部半蔵家が信十郎を婿に迎えるとも思えないし、信十郎自身、半蔵家の一員になるつもりもない。つまり子供が産まれても、その子は半蔵家に預けっぱなし、悪く言えば半蔵家に奪われる、ということだ。

そのように説明すると、なぜか、鬼蜘蛛は機嫌を直した。

「そういうことなら大長老様もお許しになるやろ。そんならそれで、めでたい話や」

世事に疎い信十郎には理解できぬが、正式な結婚よりも、種馬扱いのほうが好都合であるらしい。そういう話だから、半蔵家もキリとの関係を黙認してくれているのであろうか。

——名族というものは、難しいものだな。

信十郎は困り顔で腕を組んだ。

信十郎を取り巻く事態は、いつでもどこでも、信十郎本人の意思を無視して動いている。

三

ここにもう一人、不遇を託《かこ》つ名家の若君がいる。

越前七十五万石の太守、従三位宰相《じゆさんみさいしよう》忠直《ただなお》である。二十七歳。家康の次男、結城秀《ゆうきひで》康《やす》の長子であった。

忠直という男を一言で表現するならば『豪邁闊達《ごうまいかったつ》な粗忽者《そこつもの》』である。父秀康は、家康の子らの中では最も猛々《たけだけ》しいと評された男であった。忠直も多分に勇猛な血を受け継いでいる。

大坂冬の陣においては徳川軍の最前線を担当し、真田幸村《さなだゆきむら》の守る真田丸に猛攻を敢行した。

が、そこはやはり粗忽者である。真田の鉄砲隊に散々に撃ちまくられ、大損害を被って敗退した。

つづいての夏の陣では、初戦において大失態を犯した。八尾《やお》久宝寺《きゆうほうじ》の戦いで、井伊、藤堂らが激戦を展開しているのを横目に見ながら、ついに出陣が叶わなかったのだ。

忠直が前夜に大酒を飲んでしまい、酔いつぶれていたからだ。

家康に面罵され、大恥をかいた忠直は、その後、名誉挽回とばかりに大坂城への大突撃を敢行し、見事、一番乗りを果たす。三千六百五十もの首級をあげて、文字どおり大坂城を蹂躙《じゅうりん》した。

得意満面の忠直だったが、そこはやっぱり粗忽者である。今度は『恩賞が少ない』と叔父秀忠に腹を立て、江戸に出府しなくなった。領地の越前に閉じこもり、江戸の将軍家に反抗の意を示している。

と、こういう男なのであった。

越前宰相忠直の居城は北庄《きたのしょう》にある。

こののちの話になるが、『北』という文字が敗北を連想させることから、『福居』と地名が改められた。福居がのちに福井となる。

京畿に近く、実りも豊かで、北国街道を扼《やく》する要地でもあり、徳川将軍家の親族が拠点とするのに相応しい土地柄である。

だが、若者にとっては、あまり住みよい土地とは言えない。特に冬の豪雪がたまらなく窮屈だ。毎日どんよりと雪雲が広がり、湿った雪が鬱陶しく何十日も降り積もる。その間は外へも出られない。気散じの方法すらないのだった。

忠直はこののちに常識外の凶暴さを露わにさせるが、彼が精神を病んでいった理由の一つに、この陰々滅々たる天候があったことは間違いあるまい。


北庄城本丸御殿。書院の間に越前忠直が座している。

一段下がった上の座には小姓あがりの側近、小山田多門《おやまだたもん》と茶道頭の忠源坊《ちゆうげんぼう》が控えていた。多門と忠源坊は兄弟である。兄弟揃って忠直のお気に入りであった。

この兄弟、お気に入りではあるが身分は低い。新規取り立て組である。

逆に、越前宰相家の家老であるところの、本多伊豆守富正《ほんだいずのかみとみまさ》と本多飛驒守成重《ほんだひだのかみなりしげ》は、この場に臨席していなかった。すなわち今夜の会合が、あくまでも非公式、内密に属するものであることを意味していた。

河合権兵衛《かわいごんべえ》は、書院のはるか下の座から、忠直の顔を繁々《しげしげ》と見つめた。

——これは、相当にお悪いな……。

忠直の精神状態の悪化が一目で見て取れた。

頬が痩せこけ、目が落ち窪み、下の瞼には濃い隈ができている。不眠症と食欲不振の合併症であろう。

河合権兵衛は本多正純の家来である。正純の父、正信の代から仕えてきた。五十七歳。この時代の感覚ではすでに老人だ。

権兵衛は、徳川家には狂気の血が流れている、と信じている。あるいは精神的な繊細さ、とでも表現すべきか。今、目の前にいる忠直と同じ顔つきを、これまで何度も目撃してきた。忠直の父の秀康や、秀忠の弟の忠吉、忠輝などだ。

家康だとて例外ではない。合戦の際には同じように青黒い顔つきで、執拗に爪を嚙んでいた。不眠に悩まされ、目の下に黒々と隈をつくっていた。

この隈は、徳川家の男が狂いだす兆候であるのだ。

忠直は、正純よりの密書に目を通すと、満足げに頷いた。

「でかした!」

と叫ぶと、白く細長い指で密書をひねり、手炙《てあぶ》りの中に突っ込んで燃やした。手の甲に浮いた血管が青々としている。いかにも神経質そうな手指であった。

忠直は権兵衛を見やると、甲高い声で叫んだ。

「委細承知した、と、正純に伝えィ!」

密談もなにもない大音声である。

「我らはこれより籠城に入るぞ！　ククク、この越前より江戸を睥睨《へいげい》し、叔父秀忠の心胆を寒からしめてくれるわ！」

権兵衛は無言で平伏し、忠直の御前より下がった。

玄関につづく廊下を歩きながら、なにゆえ徳川の御曹司《おんぞうし》たちというものは、揃いも揃って素ッ頓狂なのであろうか、などと考えた。

そしてふと、

「そういえば、秀忠様だけは、思慮深いお人柄であったな」

と、呟いた。

四

江戸は水運によって支えられている都市だ。水路が縦横に作られ、積み荷を載せた舟が行き交っていた。外洋に繋がる出入り口は『八丁堀船入り』と呼ばれ、西国からの回船はそこから江戸に入ってきた。

この当時、八丁堀の周辺は寺社地であった。埋め立てられたばかりの低湿地で、人の住居に向かなかったからだ。湿地を与えられた寺院は、自身の手でせっせと盛り土をした。その盛り土の下には、数万人都市・江戸の住人の亡骸が埋葬されていた。ようするに、墓地だったのである。

明暦《めいれき》の大火ののち、寺社地が郊外に移されると、更地《さらち》になった八丁堀には町奉行所同心の役宅が建てられた。

拡大する江戸の市街地を整備するため、寺社地を郊外に移し、更地を確保したまではよかったが、町家や大名屋敷の用地としては、あまり喜ばれなかったようである。


その八丁堀の大寺院に、夜中、微行してきた者があった。

松明を手にした徒武者に先導されている。白い素襖《すおう》に侍烏帽子、奥州産の肥馬に跨って悠然と駒を進めてきた。

寺院の前で馬をとめると鞍から軽々と飛び下りた。片目を眼帯で隠している。隻眼でギラリと寺門を睨み上げた。

奥州五十八万石の太守、伊達政宗である。この年、五十五歳。

戦国武将最後の生き残りであった。身長五尺五寸（約一六七センチ）、当時としては長身だ。戦場で鍛えられた肉体は頑健そのものだ。

政宗の周囲を眼光鋭い男どもが警護している。一人だけが大身の侍らしい姿であったが、残りは山賤《やまがつ》のように卑しき姿だった。

政宗は侍姿の男だけを連れて、山門をくぐった。山賤たちは闇の中に無言で散った。

塔頭の門前には一人の尼僧が待っていた。目が悪いらしく、白木の杖を携えている。足音で政宗本人と察したようだ。恭《うやうや》しく一礼をよこしてきた。

「宝台院様が、お待ちにござりまする」

政宗は「うむ」と答えて、盲目の尼僧のあとにつづいた。

回廊を巡り、客間に進む。蔀戸《しとみど》の中は薄暗く、香の紫煙がたちこめていた。

「暗ぅございましょうか」

盲目の尼僧が訊ねてきた。

「いかにも暗いな」

政宗が答えると、尼僧は手さぐりで燭台に触れ、灯心を伸ばした。炎が大きくかきたてられて、室内がすこしだけ、明るくなった。

「この塔頭には、普段、燈《とも》しを必要とする者がおりませぬ。不調法はお許しくださいませ」

宝台院は若い頃から視力が弱く、それゆえに、視覚障害者たちを手厚く庇護してきた。秀忠公ご生母の美徳として広く世に知られていたが、実は、宝台院のもとに集まる盲目の者たちの正体は、南朝系の道々外生人《みちみちげしょうにん》であった。

彼ら、彼女らは、琵琶法師や按摩《あんま》、遊芸人などに身をやつしつつ、隠密として全国を巡り、情報を集め、宝台院に伝えていた。

それらの者どもが塔頭を囲んでいる気配がする。

下座に敷物が置いてあった。政宗はドッカと腰を下ろした。その背後に影のように、侍姿の男が侍った。

盲目の尼僧は、上座の灯火もかきたてた。ややあって、しずしずと衣擦れの音が聞こえてきた。

戸が開き、舞楽の猿面をつけた女が入ってくる。悠然と上座についた。

「夜分、ご苦労だったの、仙台宰相殿」

政宗はサッと平伏する。

「宝台院様のお呼びとあれば、この政宗、千里の道をものともせずに駆けつけまする」

宝台院は「ホホホ」と笑った。

乱世の奸雄の『忠義』ほど当てにならないものはない。だが、徳川幕府の筆頭年寄、本多正純に対抗するには、政宗のような曲者《くせもの》の力が必要なのだ。

「忠輝の一件では、そのほうにも迷惑をかけたの」

家康の六男、忠輝は、政宗の娘婿でもあった。

忠輝は伊達政宗の長女、五六八《いろは》姫を正室に迎えていた。南朝復興の一戦の際には、伊達政宗が義父として軍事援助をするはずだったのである。

だが――。ほかならぬ家康本人と、本多正純の策謀によって、忠輝は失脚させられた。それ以降、政宗は奥州に押し込められている。

宝台院は猿面で顔の上半分を覆っていたが、口元や顎は覗かせている。絶世の美女と謳われた女だ。形のよい唇がニコリと笑った。

「復仇の時はきたぞ、政宗よ」

「と、申されまするとー」

「正純がことよ。あの腸《はらわた》の腐れ者を始末するのじゃ」

「いかがなされます」

政宗という男の人生は、挑戦と誤算と命の危機の連続であった。天下人を目指して挑戦するたび、結果は裏目に出て、時の天下人から誅殺されそうになった。政宗ほどの知恵者であるから、どうにかこうにか生き長らえているような人生である。

ゆえに、用心深くもなっている。本多正純を憎むことでは宝台院にも劣らぬが、だからといって猟犬のごとく飛び出していくほどの馬鹿でもなかった。

「正純本人の知力もさることながら、正純を担いだ三河武士どもの結束力は侮れませぬぞ」

「わかっておる。だが、その正純が担ぐ神輿のほうを先に潰すとするなら、なんとする」

「正純めが担ぐ神輿とは？」

「越前宰相忠直よ。あの者がおるゆえ、正純は平然と秀忠に楯突くのじゃ。三河武士どもが正純めを頼るのも、畢竟《ひっきょう》、越前忠直の威を借りておるからにすぎぬ。あやつめら、いざとなれば、将軍を忠直にすげ替えればよい、それで徳川は安泰じゃ、などと腹を括《くく》っておるのじゃ」

いかにも、左様でございましょうなぁ、と、政宗は思ったが、黙っていた。

「そこでじゃ、政宗」

宝台院が身を乗り出してきた。

「そのほう、此度《こたび》は、越前忠直を担いで、ひと波瀾おこすがよい」

政宗は、隻眼をやや顰《ひそ》めさせた。

「と、申されまするると」

「そのほうが天下を狙って策謀を逞《たくま》しくしておること、この日の本に知らぬ者はおらぬ。ゆえに此度は忠直を担いで天下を狙え――と、かよう申しておる」

「ほほぅ」

「政宗」

猿面の女がしずしずと歩み寄ってきた。政宗の真っ正面に膝をつき、猿面の穴越しに見つめてくる。政宗は隻眼を上げて見つめ返した。

「よく聞け政宗。たしかに正純めの知力は馬鹿にできぬ。我らがいかに罠を張ろうと、そう易々とかかりはすまい。だが、越前忠直はどうか」

我が儘いっぱいに育てられた坊やである。なまじ英雄の気質があるのがさらに危うい。猪突猛進する質《たち》である。苦労人の政宗から見れば、幼児に等しい相手である。

「越前宰相殿に、罠を仕掛けまするか」

「奥州太守の伊達政宗が謀叛の後ろ楯になる、と申せば、忠直め、有頂天になって秀忠に叛意を翻すことであろう」

「梯子《はしご》をかけて二階に上がらせる策ですな」

「左様じゃ。そのあとでそちが梯子を外す。忠直め、進退に窮するであろう。さすれば、正純も、三河武士どもも、一緒になって身動きできぬ――という寸法よ」

「面白うございまするな」

「政宗」

「はは」

「そのほう、伊達家の先祖が義良《のりよし》親王と北畠顕家卿より受けた恩義を忘れてはおるまいの」

「申すまでもなきこと。我ら伊達家が今日《こんにち》あるは、義良親王より賜りし栄誉があればこそ」

南北朝の動乱期、南朝の皇子・義良親王は、陸奥の国府において奥州の武家八人を『式評定衆《しきひょうじょうしゅう》』に取り立てた。そのうちの一人が伊達家の当主、行朝《ゆきとも》であった。

その後、伊達家をはじめとする奥州武者らは、北畠顕家に率いられ、はるか京まで攻め上って足利軍を撃破、足利尊氏を遠く九州まで追い落とした。

伊達家の武名は日本全国津々浦々に響きわたった。

このとき以降、伊達家は、奥州を代表する武家の名門として認知され、勢力を伸長させていった。もしあのとき、義良親王と北畠顕家の知遇を得ることができなかったならば、いまだに奥州の小豪族だったかもしれないのだ。

宝台院の言う『恩義』とは、そのことを指している。

南朝の持つ力の源泉とは、すなわちそういう類のものである。北朝の武家政権下においてはけっして日の目を見ることができぬ者どもも、南朝に随身《ずいしん》すれば日の当たる場所に躍り出られる。活躍の場が与えられ、名誉と利益が期待できる。

いわば南朝とは、一発逆転のジョーカードなのだ。負け組が勝ち組に対抗する唯一の手段なのである。

そして今、この日本国で、伊達政宗ほど一発逆転を期している武将は存在しなかった。

政宗は、隻眼をニヤリと笑ませて慎み深さを装った。

「不肖、伊達政宗、南朝の御為《おんため》とあれば、命も身も捨てて尽くす覚悟にござる」

「うむ。満足じゃ。励むがよい」

政宗は「ははっ」と答えて頭を下げた。宝台院は忍びやかに去って行った。

政宗は塔頭を辞去した。馬子が馬を曳いてきた。

「聞いておったか」

馬子は「へぇ」と低く答えた。

この馬子、名を柳原戸兵衛《やなぎはらとべえ》という。政宗外出の際には馬子に化けるが、その実体は伊達家の忍軍『黒脛衣組《くろはばきぐみ》』の幹部であった。

遠耳の術者として知られている。はるか遠方の密談でさえ聞き取る能力を持っている。

「ならば聞いてのとおりだ。世瀬蔵人《よせくろうど》、佐々木左近《ささきさこん》ら、黒脛衣組の頭目どもに事の次第を伝えよ」

「かしこまってござる」

黒脛衣組は越前忠直家への働きかけを開始するであろう。

政宗は背後を振り返った。ずっと影のように従っていた侍に隻眼を向けた。

「勘解由《かげゆ》」

屋代《やしろ》勘解由景頼《かげより》は無言で目を伏せた。政宗は馬に跨りながら命じた。

「この件、そのほうが宰領せよ」

言い残すやいなや馬を進ませる。屋代勘解由は政宗の背中に一礼した。

五

元和八年初頭。江戸は不穏な空気に包まれていた。

前年より江戸に出府していた東国大名たちは、本来なら年末の帰国が許されるはずのところを、江戸に留め置かれていた。年明けとともに西国大名たちが入府してきたので、江戸は全国大名の総参府状態となっていた。

いよいよ江戸城本丸の改築が始まり、本丸御殿と天守閣の普請に取りかかるのかと思われたのだが、一向に鍬入れの始まる気配もない。上総や下総の石切り場から巨石が運び込まれていたが、河岸に山積みにされている状況だ。

そんな中で、越前宰相忠直の不穏な行状が伝わってきた。

忠直は江戸に出府しようともせず、領国の越前に閉じ籠《こも》っている。最近ますます乱《らん》行《ぎょう》が進み、近臣までをも手討ちにしている、と噂されていた。

業を煮やした秀忠は、ついに越前討伐の決意を固め、隣国加賀の前田家に先陣を申しつけたらしい。そういう風聞が流れている。

すわ合戦か、と大名たちはいきりたった。

弾薬、兵糧、秣《まぐさ》など、戦のための消耗品が高騰し、気の早い町人などは資産の分散を始めている。元和偃武のお題目も虚しく、江戸はふたたびの戦雲に包み込まれようとしていた。

この年の四月は徳川家康の七回忌である。三月下旬になって、秀忠の日光社参が公表された。それにともない、越前忠直に対して再三の出府命令が下された。

三月二十一日、忠直は福井を出立、江戸に向かって進みはじめた。

全国の大名もほっと胸を撫で下ろした。秀忠の社参の前に参府して、忠直が恭順の意を示せば、最悪の事態だけは避けられるものと思われた。

六

紅葉山東照社に黒装束の忍びが拝跪している。拝殿の上座には宝台院が立ちはだかっていた。

「半蔵か」

宝台院が忍びに声をかけた。半蔵は無言で頭を下げた。

「半蔵よ、手筈は整うてか」

「万事、怠りなく」

「いかが取り計ろうてか」

「本多正純の居城に、大筒を五、鉄砲を三百、運びまいらせます。そのうえで我ら服部の手の者が、上様社参の帰途において、上様のお行列を襲撃いたしまする。宇都宮の城下にて騒擾《そうじょう》を起こしまいらせるのです」

「うむ。騒ぎののちに正純めの居城を調べると〝謀叛の証拠の大筒や鉄砲〟が発見される、という寸法じゃな」

「いかにも。いかな上野介殿（正純）とて、言い逃れは叶いますまい」

身に覚えがないのであるから、言い逃れのしようもない。

「でかした。事の成就の暁には、半蔵家の復興を許そうぞ」

「ありがたき幸せ。粉骨砕身、勤めまする」

半蔵は頭を低く下げた。と同時に隙間風が吹き込んできて、拝殿内の灯明が一斉に消えた。

侍僧が慌てて灯し直したときには、もう、半蔵の姿は消えていた。

七

信十郎は相も変わらず渥美屋の居候を決め込んでいる。信十郎はキリの想い人であり、キリは庄左衛門の主筋だ。上げ膳据え膳の扱いで、何不自由とてない。平安で、愉悦に満ちた日々だった。

春の陽気に誘われて、信十郎はフラリと渥美屋の店先に出た。外に出るには店先を通るのが手っとり早い。むろん、塀や屋根を乗り越えて外に出るのもたやすいが、渥美屋の者が心配するし、忍びごとでもないのにわざわざ盗人のような振る舞いに及ぶ必要もなかった。

店に出ると、渥美屋の小僧が挨拶をよこしてきた。

「若旦那様、おはようございます」

信十郎は激しく照れて、適当な挨拶を返した。

信十郎は渥美屋では若旦那様と呼ばれている。本来不穏な身分を隠すためであるが、なにやら面はゆい成り行きだ。

と、そのとき、信十郎の顔を見て、ニッコリと歩み寄ってきた商人がいた。

「これは若旦那、ご壮健にてなによりでございますな」

如才なく笑みを浮かべて腰を折る。しかし、視線だけは油断なく、信十郎の風姿を窺っていた。

「これは……、鳶澤の元締。お久しゅうござる」

浅草の寮での饗応以来の再会だ。

甚内は笑みを浮かべたまま、店の出口に視線を向けた。

「若旦那、ちょいとおつきあい願えませんか」

店の表に連れ出される。断る理由もないので信十郎も店を出た。

春の陽差しが燦々《さんさん》と降りそそいできて、笠が欲しいような陽気であった。

甚内はスタスタと歩いていく。仕方なく、信十郎もあとにつづいた。

「庄左衛門さんやキリ様は、いかがおすごしでしょうかな」

信十郎は小首をひねった。

「さぁて。いつものごとくに忙しくしておられるご様子ですが……」

甚内は、関東乱破の頭目らしい鋭い目つきで、信十郎を見つめてきた。

「秀忠公の日光社参が執り行われることは、ご存じですね」

「ええ、まあ……」

徳川幕府の威信をかけた社参であるので、江戸市中で知らぬ者はあるまい。

「それで、庄左衛門殿も、キリも、留守にしているのでしょうね」

「やはり、お留守ですか！」

なにげなく漏らした言葉に甚内が激しく反応してきたので、信十郎はすこし、驚いてしまった。

「何か、起こったのですか」

甚内は、しばらく無言で考え込んでいたが、ややあって、信十郎を裏手の掘割へと誘った。

掘留めには小舟が一艘繋いであった。のちに改良が加えられ、猪牙舟《ちょき》と呼ばれることになる小型船だ。甚内配下の船頭がキセルをふかしながら待っていた。

「お乗りくだされ。お見せいたしたきものが……」

信十郎という男は、こういう場面であれこれ思い悩む性格ではない。頭から甚内を信用し、ヒラリと小舟に飛び乗った。

つづいて甚内も乗船する。船頭が棹で掘割の石垣を突いた。舳先が回り、舟は東へ向かって進みはじめた。

いったん海に出て、つづいて隅田川の河口に入った。

「鬼蜘蛛がご迷惑をおかけしているようですね」

甚内が難しい顔をして黙り込んでいるので、信十郎は鬼蜘蛛の話を振ってみた。

鬼蜘蛛は遊芸人として江戸の市中に溶け込んでいる。盛り場で奇術を披露して小銭を稼ぎつつ、江戸市中の情報を集めていた。

鳶澤甚内は江戸の町の顔役でもある。香具師《やし》の社会にも顔が繋《つな》がっていた。鬼蜘蛛は甚内の世話であるがゆえに、あちこちの盛り場で芸を見せることが許されていたのだ。

「その鬼蜘蛛さんとも関係している話ですわ」

「と、仰ると」

「あのお人、さすがに大和の忍びですな。若いのによう働きます。その鬼蜘蛛さんが摑んできた話なのですがね」

甚内は、恵比須顔をかなぐり捨て、ギラリと鋭く眼を光らせた。

「服部の連中が、川船に武器を載せ、北に運んでいるらしいのです」

「ほう」

それのどこが問題なのか。服部一族は徳川家に仕える忍家だ。半蔵家は滅んだが、伊賀者たちは御家人に取り立てられた。秀忠の日光社参を警護するため、武器を北関東に運ぶのは当然のことであろう。

信十郎がそう言うと、甚内は首を横に振った。

「ところがですな、関東郡代様が、この件について何もご存じない」

関東郡代の伊奈忠治は、関東の行政の責任者であるだけでなく、関東一円に広がった天領(徳川家直轄領)の治安担当者でもあった。当然、街道や河川を行き来する武器や兵力にも目を光らせている。

「伊賀者が運んでおる武器がなんであるのか、郡代様が存じあげぬというのであれば、それは秀忠公を警護するための武器ではない」

「どういうことでしょう」

「どうやら、伊賀者たちは、武器を宇都宮城に運び込もうとしているらしい」

「正純殿の居城ですな。すると、これは正純殿の謀叛……」

「まさか。あのお方は、このように見え透いた悪事をなさるお方ではございませぬ。ただの武器ではないのですぞ。大筒も含まれているそうで」

「大筒?」

「これはおかしゅうございましょう? 正純様は、隠微にこっそりと陰謀を進められるお方。大筒などという、人目を引くものをわざわざ使うとは思えませぬ」

「いったい、何が起こっているのでしょうね」

「それがわからぬゆえ、お尋ねしておるのです。庄左衛門殿やキリ様は、何か仰っていなかったのか、と」

どうやら話が一回りして、元に戻ったようだ。

「信十郎様、あれをご覧なさい」

隅田川河口の湊《みなと》に、大型の川船が繋留されていた。帆桁《ほげた》が長い。帆をいっぱいに張れば、そうとうの船足が発揮されそうだ。

大きな積み荷が積載されている。船頭とも思えぬ胡乱《うろん》な者どもが多数乗船し、周囲に目を光らせていた。

「伊賀者です。積み荷は鉄砲でしょうかね。剣呑なことです」

甚内の舟は川船の脇をすり抜けて、浅草湊に入った。船着場では鬼蜘蛛が思案顔で待ち構えていた。

「ほい、鬼蜘蛛さん、信十郎様をお連れしましたぞ」

甚内が声をかけつつ、ヒラリと桟橋に飛び移った。鬼蜘蛛は桟橋を走ってきて、いつものように大げさな身振りで信十郎の手を取った。

「無事やったか！　心配したで。渥美屋の周りは伊賀者に取り囲まれておったからな。あれは相当の手練やで」

甚内が横から答えた。

「半蔵家直属の下忍でござろうな。そこいらの伊賀者とは格が違う。おぞましい連中だ。わしも久しぶりに冷や汗をかいた」

信十郎は愕然とした。伊賀者の接近にまったく気づいていなかったからだ。

否、伊賀者の存在には気づいていたが、それが忍びの者なのか、それとも、渥美屋のお店者なのか判別できていなかった、と言うべきか。

敵か味方かわからぬ者を、頭から味方と決めつけていた。

どうやら、キリとの生活に溺れすぎていたようだ。安穏と日々をすごしすぎ、勘が鈍りきっていたらしい。

「甚内様の直々のご出馬がなければ、信十郎を引き出すことはできなんだやろ。さすがの伊賀者も、甚内様には手出しができん。まずはめでたいことや」

鬼蜘蛛は、信十郎の気も知らずに喜んだ。

第七章　宇都宮ノ変

一

四月十二日。

越前宰相忠直と家臣団は関ヶ原に到達した。この場所は言うまでもなく、家康の天下取りの第一歩、関ヶ原合戦が行われた古戦場である。

東海道、中山道を扼す要衝だ。古くは壬申《じんしん》の乱の激戦地でもあり、日本国を東西に分かつ関所が置かれた場所でもあった。

そのような要地に忠直は陣を敷いた。江戸への参府は取りやめである。言わずもがな、東照神君家康を気取っている。関ヶ原に陣取って、はるかな江戸を見下ろしている心境であった。

もっとも、今、江戸には全国の大名が参府している。越前七十五万石の兵力だけでは抗しようもない。いくら家康を気取っても、これではただの道化である。

むろんのこと、忠直とて馬鹿ではなかった。それなりの勝算をもって行動していた。

その日の深夜、忠直の陣所を密かに訪れた者たちがいた。一人は本多正純の家臣、河合権兵衛。もう一人は伊達政宗の家臣、屋代勘解由である。

対応したのは忠直と、側近の小山田多門、忠源坊の兄弟であった。

まず、河合権兵衛が進み出てきた。

「本多正純よりの書状にござります る」

書状には、このまま関ヶ原を占拠して、東西交通を分断し、西国大名の軍勢が江戸入りするのを防ぐようにと依頼されていた。

「うむ!」

大きく頷いてから、忠直は訊ねた。

「島津家久《しまづいえひさ》殿はいかがじゃ」

「はは。島津薩摩守《さつまのかみ》様におかれましては我らにご同心、いざとなれば薩摩より攻め上り、西国大名の領地を荒し回る、と、ご誓約くだされました」

「そうか！　これで西国大名は身動きが取れまい。屋代とやら、政宗はいかに！」

屋代勘解由は、忠直の陣所においても黒い影のように自分の気配を殺している。低い声で返答した。

「あるじ政宗は、秀忠公が日光に向かい次第、江戸への進軍を開始いたす所存にござる」

「左様か！　宇都宮を正純に押さえられ、さらに政宗に後詰めされる！　これで叔父貴は日光の山奥に雪隠詰《せっちんづめ》よ！　進退窮まるとは、まさにこのことだわ！」

忠直は甲高い声音で哄笑した。

たしかに、将軍が日光に社参した瞬間に宇都宮と日光街道を押さえられれば、将軍の旗本といえども身動きが取れなくなってしまう。日光への供揃いは数が限られるし、そもそも大軍の移動など不可能な山中なのだ。いずれは食料も尽きて、降伏か、自殺的な突撃か、二つに一つの選択をとるしかなくなるであろう。

越前忠直と本多正純、島津家久と伊達政宗による一見無謀な反逆計画は、必ずしも、勝算のないものではなかったのだ。

ただしそれは、忠直以外の大名たちが、本心から忠直を支持する場合に限られていたが。

二

翌、四月十三日、将軍秀忠は日光に向け江戸を発った。供揃えは大番・書院番の精鋭。この当時の日光には大軍を収容するだけの宿坊も、彼らに供する糧食の蓄えもなかった。四月とはいえ日光の山中はまだ寒い。みなみな野宿覚悟の手弁当である。日光社参が恙《つつが》なく終わり、数日で江戸に戻れることを前提とした行軍だった。

しかし。もし、江戸への帰還が叶わなかったらどうなるのか。

徳川が誇る直参旗本は、みなみな、飢えて自滅することになるであろう。

十三日の夜、秀忠一行は岩槻《いわつき》城に宿泊。翌十四日は栗橋で利根川を渡河して古河に宿泊、翌日はさらに北上し、十五日夜に宇都宮城に入った。

秀忠は始終上機嫌で正純を引見し、その働きぶりを褒めたたえたという。

宇都宮は日光道中の要であり、日光社参の際には各種費用と、町人の出役、馬子の供出などの諸負担が課せられた。それらの諸役を見事にこなした正純に、秀忠は大満足の態であったと伝えられている。

翌十六日、秀忠は日光山に到着した。その夜は日光の御旅所《おたびどころ》（宿舎）で一泊する。翌朝から大法要が執り行われる次第となった。

ところで。今日われわれが目にする日光東照宮は、三代将軍家光の造営になるものであり、このとき秀忠が社参した東照社とは規模が異なる。

秀忠造営の東照社は群馬県太田市に移築され、世良田《せらた》東照宮として現存しているが、金箔や彫刻も少ない簡素な造りだ。動員された大工や工芸家の人数も、家光の代の、十分の一程度であった。

その夜、江戸城内、紅葉山東照社の庵室を訪ねた者がいた。本多正純の家臣、河合権兵衛である。関ヶ原から中山道を踏破して、江戸に到着したばかりであった。

宝台院は就寝中であるのもかまわず、権兵衛を招きよせた。

「首尾はいかがであった」

「はっ」と権兵衛は平伏した。

「越前宰相様、関ヶ原に在陣し、兵をとどめておられまする」

宝台院はカラカラと高笑いした。

「正純が宇都宮で挙兵し、伊達政宗率いる奥州軍が宇都宮に入城するのを待っておるのか」

「御意にござる」

「愚か者よなぁ」

はるか西方の関ヶ原にとどまっている限り、忠直の軍勢はすこしも恐ろしくない。むしろ、江戸に入城されてしまったほうが脅威であったのだ。

「忠直め、わらわが作った偽の密書を疑う気振りもなかったか」

「正純よりの密書と信じておりまする」

宝台院は高笑いした。

「本多家家臣のそなたが持参したのだ。無理もないがのう」

伊達政宗も島津家久も正純などに与《くみ》していない。そもそも『本多正純を首謀者とする反乱計画』そのものが存在していないのだから当然だ。島津家久にいたっては、自分が挙兵を期待されていることすら知らないだろう。

忠直は関ヶ原から四海に睨みをきかせたつもりでいたが、実際には無為に時間を潰しているのにすぎない。まさに宝台院と伊達政宗の目論見《もくろみ》どおりの展開だった。

「これでよい。……あとは正純めを始末するだけよな」

河合権兵衛も頷いた。

「服部半蔵殿のご配下が、宇都宮城のお蔵に武器を運び込んでおり申す」

「正純め、気づかぬのか」

「お蔵の鍵は、ほかならぬこの権兵衛が所持しておりますゆえ」

「ふむ。獅子身中の虫とは、そのほうのことよな」

「これはしたり。宝台院様、いささかお人が悪うございまする」

「ホホホ。許せ。首尾よく正純めを滅ぼした暁には、約束どおりに秀忠が側近に取り立ててくれようぞ」

「ありがたき幸せ。仰せのとおりに励みまする」

「夜も更けた。そなたは去ね。わらわは寝る」

「はは。お心を安んじられ、ごゆるりとお休みくださりませ」

河合権兵衛は闇の中に去って行った。

三

同じ夜。信十郎は渥美屋の奥座敷で庄左衛門と対峙していた。

座敷の外から不気味な殺気が伝わってくる。障子一枚を隔てた庭先に、伊賀の手練《てだれ》が何人も潜んでいるようだ。

信十郎の背後には鬼蜘蛛が貼りついて護っている。いつ、どんなきっかけで血みどろの闘争が開始されるかわからぬ。そんな緊張感に包まれていた。

信十郎は無言で庄左衛門を見つめている。その生真面目さに辟易し、庄左衛門は口を開いた。

「これは、我ら伊賀者の務めにござる。なにゆえ信十郎様がお気になされる」

そして、ギロリと信十郎を見やった。

「無闇にお関わりになられては、お命を縮めることとなりましょうぞ」

親切な思いやり半分、脅迫半分の口調だった。

庄左衛門は、個人的には、信十郎という男のことを気に入っている。敬愛している、と言ってもよい。

しかし伊賀の頭目としては、服部家がこれ以上、この無邪気な若者と関わることの危険性を感じてもいた。

信十郎はむしろ悲しげな顔をした。

「俺がキリの身を案じることが、それほどいけないことなのか」

「そうまっすぐに仰られては、返答に窮しまするな」

策謀の多い伊賀者にとって、信十郎のような純粋一直線は最も苦手とするところだ。信十郎の眩しさに打たれ、おのれの生きざまの卑しさを思い知らされてしまう。

――このお人にはかなわんな……。キリ様が惚れたのも無理もない。

ズカズカと他人の心に踏み込んでくる。気がつくと、心の中に住みついている。あるいはこれからの服部家には、こういう男が必要なのかもしれない。信十郎が伊賀者の統率者になってくれたなら――などと、庄左衛門は考えた。

「キリ様をお救いくださると、約束していただけましょうか」

「キリを救う？　どういう意味です」

庄左衛門は、キセルの灰を煙草盆に落とした。

「我ら伊賀者は、影の宿命を背負わされてござる。日の当たらぬ坂道を重い荷を背負って登るような」

家康の遺訓のもじりであろうか。もっとも、家康が苦労して這い上がった坂道は、常に陽の光に照らされていたが。

「キリ様は、我ら伊賀者のうちで、最も重い荷を背負うてござるのだ」

「その宿命を持っているがため、忍びごとをしておる、と仰るのですな」

「左様です」

「具体的には、何をしているのか」

庄左衛門はしばらく無言で信十郎の顔を見つめていたが、やがてポツリと口を開いた。

「キリ様は、今、本多上野介様を罠に嵌める策略にかかっておられます」

「筆頭年寄の正純殿をか」

「左様です」

「なにゆえ？　誰の差し金で？」

「徳川将軍家内のゴタゴタでございますよ」

庄左衛門は故意に依頼主をぼかした。

「秀忠様は、ただいま、日光にまいっておられまする。その帰り道、上野介様の謀叛に遭って、命からがら、江戸に逃げ帰ってくるのでございます」

未来に起こる出来事を、断定口調で告げた。

「謀叛を起こした上野介様には、幕府の番衆が攻めかかりまする。かくして上野介様は失脚。秀忠様のご威光を遮る者は、幕府に一人もいなくなるのです」

「目障りになれば家臣をも罠に嵌めて取り潰す……。それが徳川のやり方ですか」

「『狡兎《こうと》死して走狗《そうく》煮らる』と申しましてねぇ。主君にとって、力を持ちすぎた家臣ほど恐ろしいものはございませぬ。織田家における太閤秀吉様がまさにそれ」

「ム……」

豊臣秀吉は織田信長の家臣だったが、信長の死後、信長の息子や孫から天下を奪った。もっとも、信長もかつては足利将軍義昭の家来であり、義昭を追放して天下の権を奪ったのだから同じことだ。

さらにその後、豊臣政権下の筆頭大老だった徳川家康は、豊臣秀頼を殺して天下を奪う。力を持ちすぎた家来が主君の地位を窺うのは必然とも言えた。

「上野介様とて野心はおありでござろう。いずれ避けられぬ相剋でございました」

信十郎はしばらく無言で俯いていたが、ようやく顔を上げて庄左衛門を見つめた。

「わたしは軟弱者なのでしょうか。人が死ぬのを見るのが怖いのです」

「これは……」

曲者どもを一刀のもとに斬り捨ててきた信十郎とも思えぬ言葉である。

だが、すぐに庄左衛門は、信十郎が恐れているのは、無辜《むこ》の民草が大勢、殺されることだと気づいた。

「それは、無理もないことでございましょう」

信十郎の周辺では、彼が物心つく以前から、彼を巡って凄まじい暗闘が繰り返されてきた。村落一つが皆殺しにあったことすらあったのだ。

信十郎はつづけた。

「徳川家は、わたしにとっては敵《かたき》です。しかしわたしは、今の偃武がつづくのであれば、徳川家に永続してもらってもかまわぬと思っています。わたしはもう、人が死ぬのを見るのは嫌なのです」

庄左衛門は、慈父のごとき眼差しで、信十郎を見つめた。

「キリ様の策謀で、ふたたび戦国の世に戻るのではないか、と、恐れていらっしゃるのですな」

「わたしはキリを愛しています。が、キリが騒擾《そうじょう》を起こし、そのせいで徳川にせよ、本多家にせよ、大勢の人々が死に、苦しむのであれば、許せませぬ」

「どうなさる」

「この手で、キリを殺してしまうかもしれない」

幼き日、信十郎を匿ったがために、大和忍びの集落は焼き討ちにあった。加藤清正から信十郎を預けられた肥後の菊池も幾度となく攻撃された。そのたびに目撃した惨状が信十郎の心に深い傷を残している。

信十郎が曲者どもを一刀のもとに斬り殺してしまう背景には、曲者に対する深い憎しみがあったのだ。

庄左衛門はニッコリと微笑んだ。

「ご案じなさいますな。我らは徳川の世の安寧を図るために働いております。上野介様を今のままにしておくことのほうが危ういのです。上野介様にご引退いただかねば、無辜の民人を巻き込んでの大騒乱が起こるやもしれぬのですからな」

「戦乱を防ぐために、上野介殿を亡き者にする、と申されますか」

「左様。これは、謀叛に見立てた茶番劇。大筒は宇都宮に運び込みましたが、砲弾や火薬は一切運んでござらぬ。これでは大筒も鉄の塊。ご安心あれ。この件で徳川家が潰れることも、宇都宮が戦火にさらされることも、日の本が戦国の世に戻ることもけっしてござらぬ」

「左様でござったか……」

信十郎の焦眉がようやく開けた。

「安堵つかまつりました」

庄左衛門は膝でにじり寄ってきて、信十郎の手を握った。

「信十郎様。わたくしはあなた様を、キリ様の想い人と思うたからこそ、隠すことなくお話し申し上げました。——キリ様を大事にしてくだされませ」

「申すまでもなきこと」

キリは今、利根川、鬼怒川の、どのあたりにいるのであろうか。関東の茫漠たる原野のありさまが、信十郎の脳裏に浮かんだ。

四

翌朝、信十郎はどこに行くあてもなく、隅田川の堤を歩いていた。

すっかり春めいている。木々は芽吹き、花は咲き、堤から立ちのぼる陽炎《かげろう》が濃密に揺らめいていた。川面に目をやれば、白帆を張った川船が何艘も、ゆっくりと遡上していくのが見えた。

この河の上流に下野国がある。のどかで美しい風景だが、あれらの舟が宇都宮城に武器を運んで、秀忠暗殺の証拠をでっちあげるために使われたのだ。

本多正純による幕府転覆の企てを未然に防ぐためとはいえ、汚い陰謀に変わりはない。信十郎は、なにやら暗澹たる思いに囚われた。

と、そのとき。

信十郎と同様に、無為に時間を潰している若侍の姿が目にとまった。

羊羹色に煤けた小袖と山袴。裾のほつれた袖無し羽織。深編笠が土手に放り出されている。片方の目を眼帯で隠し、隻眼を閉じて堤の上に寝ころがっていた。

「十兵衛」

信十郎が声をかけると、柳生十兵衛はチラリと目を上げてこちらを見やった。

「なんだ、お前か」

とだけ言うと、ふたたび目を閉じた。

なにやら気の抜けた様子である。これまでのようなギラつく闘志が感じられない。

怪我の後遺症なのだろうか、と信十郎は思った。浪人集団に襲われた際、十兵衛は脇腹を負傷した。袴に滴るほどの出血だった。

「怪我は、だいぶ悪いのか」

十兵衛の脇に立って訊ねる。十兵衛は鬱陶しそうに顔をしかめた。

「ああ、まだちょっと引き攣れがある。だから勝負はお預けだ。元気になったら真っ先にお前さんを斬ってやるから心配するな」

減らず口だけは相変わらずのようだ。

「だが、直参旗本がこんなところで寝ていてよいのか？　仮にも家光殿の小姓なのであろう」

するよ、十兵衛は薄い唇を突き出して舌打ちした。

「暇《ひま》を出された」

「暇？」

「放逐されたのだ」

「なるほど」

それで腑抜けてしまったのか。仕事を失うということは、この無軌道な若者にとっても、人生の重大事であったらしい。

信十郎はなにゆえか十兵衛の傍らを去りがたく、堤の上に腰を下ろした。近くにあった小石を拾って川面に投げる。小石はポチャンと音をたてて沈んだ。

「お主こそ何をしておるのだ」

今度は十兵衛が訊ねてきた。

「何もしておらん」

信十郎は答えた。

「俺が何かをすると、俺にはまったくその気がないのに、結果として、とてつもない事件を引き起こしてしまうようなのでな。恐ろしくて何もできぬ」

十兵衛は、乾いた声で笑った。

「だらしのねぇ野郎だ。キリ姉ぇが今の貴様の姿を見たら嘆くぞ」

「かもしれんな」

二人の前を川船が通り抜けていく。白帆が日差しを浴びて輝いていた。

と、そのとき。

信十郎は、上流から流れてきた小舟に目を留めてハッとした。

小舟は何か不釣り合いに重い物を載せているらしく、左舷に傾いていた。しかも船頭が異様に下手な棹捌きで、川の瀬に乗り上げ、流れに巻かれ、右往左往しながら近づいてきた。

――鬼蜘蛛ではないか。

鬼蜘蛛が必死の形相で舟を操っている。山育ちで川働きは慣れていない。なにゆえ船頭をする羽目に陥ったのか。

信十郎は川岸をめがけて走りだした。十兵衛もただならぬ気配を察してついてきた。

「おおい！　助けてくれ！」

鬼蜘蛛が腕を振る。

長く突き出された棹の端を信十郎が握った。棹をたぐって岸に寄せると、舟は本流から離れ、砂地に乗り上げて停船した。

舟底を見て、信十郎は愕然とした。

――これは……！

「渥美屋の船頭たちではないか！」

船底には、渥美屋で働いていた船頭が何人も血まみれで転がされていた。身体には斬りつけられた痕跡があった。

「渥美屋の船が襲われたのか⁉」

信十郎が鬼蜘蛛に質すと、鬼蜘蛛は渋い表情で首を横に振った。

「ちゃうわ。襲ったのが渥美屋の者どもや。お店者《たなもの》に化けとった伊賀衆が、雇った船頭を殺そうとしたのや」

「どういうことだ」

十兵衛も信十郎の肩ごしに覗きこんでくる。

「ははぁ。何か、人に知られてはまずい物を運ばされていたんだな。それゆえに口を封じられたのだろう」

「どなたはんかは存じませんが、そのとおりですわ。わしが助けを入れなんだら一人残らず川に沈められておりましたやろ」

信十郎は一人の船頭を抱き起こした。この男だけ息がある。

「しっかりしろ！　お前たちは何を運ばされていたのだ⁉」

船頭は力なく目を開けると、血の気の引いた唇を震わせた。

「……ひ、火薬《ひぐすり》」

「なに⁉」

信十郎と十兵衛は顔を見合わせた。

「火薬だと⁉　いったいどこへ運んだのだ！」

「う、宇都宮……。頼む、このこと、鳶澤の元締へ……」

「お前たちは、関東の乱破か！」

鳶澤甚内の密命を受けて渥美屋に潜入し、服部の動きを探っていたのであろうか。

「安心しなはれ。わしらは鳶澤の元締と昵懇《じっこん》やで！」

鬼蜘蛛の言葉を受けて、乱破はすこし、微笑んだ。

信十郎は、しばし呆然としていたが、気を取り直して訊ねた。

「しかし！　庄左衛門殿は、宇都宮には弾薬は運ばぬと――」

「服部半蔵が……」

「半蔵⁉　半蔵がなんとした」

乱破は口の端から血の泡を吹きながらも、最後の力をふりしぼった。

「裏切りだ……。半蔵は、伊賀者を裏切り、宝台院も裏切った……。これは正純を陥れる陰謀などではない……。伊賀者たちも、半蔵の真意を見抜いて、いない……」

「どういうことだ！」

「半蔵は、庄左衛門が宇都宮に運び込ませた武器を使って、秀忠を、殺す……」

乱破はガックリと首を垂らした。

「あかん、逝《い》ってもうた」

鬼蜘蛛が合掌した。

「十兵衛」

「なんだ」

「教えてくれぬか」

「何を」

信十郎は、ゴクリと喉を鳴らした。

「キリとは、どういう娘なのだ。キリと服部半蔵とはどういう関係なのか」

十兵衛は露骨に眉根をひそめて信十郎の顔を見た。

「お主、そんなことも知らずに、キリ姉ぇと契ったのか」

十兵衛はしばしのあいだ無言だった。鳶色の目で信十郎の顔をまじまじと見つめた。きわめて訝しげな表情であった。おのれの理解の範囲外にある者に対する不快感、のようなものさえ感じられた。

だが――、次の瞬間には、信十郎のほうが驚愕に顔を歪めて十兵衛を見つめ返すこととなった。

「服部半蔵ってェのは、キリ姉ぇ本人のことだぜ」

信十郎は、一瞬、何を言われたのか理解できなかった。十兵衛はつづけた。

「半蔵ってェのは、服部家の当主が代々名乗る官名なのさ。半蔵の蔵とは蔵人のこと。朝廷の蔵の番人だ。服部の先祖が、南朝の朝廷に仕えたときにもらった身分だぜ」

「どういう意味だ」

「だからな、服部家当主は、みんな半蔵なんだってェの。今の当主はキリ姉ぇだから、キリ姉ぇが半蔵だ。前の当主だった石見守正就《いわみのかみまさなり》の一人娘で――」

「なんだと!?」

信十郎は、ようやく話を理解した。そして愕然とした。

「キリが、服部半蔵だと!?」

信十郎の中で、すべての線が一本に繋がった。

――キリは今、将軍秀忠の暗殺を企図している……!

和子中宮の行列を襲い、徳川家の威信を低下させようと企んだのも、家光忠長兄弟を争わせ、徳川宗家の跡継ぎを殺そうとしたことも、すべて本気だったのだ。

そして今、将軍秀忠を殺そうとしている。

旗本に身辺を護られた秀忠を殺すためには、遠方より砲撃するのが一番だ。そのために必要な大砲は、なんと、秀忠の実母、宝台院の密命によって運ばれた。

大筒の移動には制限がある。宝台院の命令であるからこそ、宇都宮まで運ばせることができたのだ。

――その大筒を使う気なのだ!

伊賀組、甲賀組、根来組の忍家たちも、みなみなその大砲は、正純を陥れるために宇都宮にあるのだと信じている。

そこに油断がある。

半蔵が弾を込め、火薬に点火すれば一瞬にして秀忠の行列を貫き、将軍の肉体を四散させることができる。徳川の政権は二代にして崩壊するのだ。

――復讐だ! これは、半蔵の復讐なのだ!

大勢の伊賀者が家康の天下取りのため尽力した。苛烈に戦い、命を散らした者もいた。にもかかわらず、影の者だからとて忌み嫌い、いわれもなく半蔵家を滅ぼし、伊賀を奪った。

その徳川への復讐なのだ。

信十郎はいきなり走りだした。

――とめなければ！

秀忠暗殺が成功すれば、この国はふたたび戦国時代に戻ってしまう。愛するキリに、そんな大罪を犯してほしくなかった。

「おい、待て！」

十兵衛が追ってきた。

「どこへ行く気だ!?」

「浅草湊だ！　鳶澤甚内の寮！」

鳶澤甚内は関東全域に通商路を広げている。足の速い川船を所持していた。宇都宮に向かうのなら、舟を使って利根川、鬼怒川を遡上したほうが早く着く。

――キリ、頼む。考え直してくれ……！

信十郎は心の中で祈った。

五

信十郎と鬼蜘蛛、柳生十兵衛と鳶澤甚内を乗せた川船は、浅草から小名木川《おなぎがわ》を経て利根川に入った。白帆をいっぱいに揚げたうえに、鳶澤配下の者どもが必死で櫂を漕いでいる。関東郡代御用の幟《のぼり》を高く掲げて他の川船を押し退けながら遡上した。

「関八州に、これより速い舟はございませぬ」

鳶澤甚内はそう豪語したが、服部半蔵はすでに宇都宮に入っている。秀忠も日光を出立し、宇都宮に向かって南下を始めた頃合いだろう。

川を遡っているので思うように船足が出ない。しかもこの頃はまだ利根川と鬼怒川は分断されていた。関宿《せきやど》でいったん上陸し、鬼怒川水系の川船に乗り換えなければならなかった。

「関東郡代様に早馬を出しましたが、はたして我らより先に着くかどうか……」

関東平野で困るのは、大雨のたびに川筋が変わるので、街道の整備や架橋がままならないところだ。騎馬ではすぐに立ち往生させられてしまう。関東郡代の尽力により街道が整備されるのは、家光の代になってからのことであった。

信十郎は鳶澤甚内に訊ねた。

「関東郡代様は、どちらのお味方ですか」

幕府内が幾派にも分かれて派閥を形成している事実を、ようやく理解しつつある。

「伊奈様は上野介様と近しい。伊奈忠治様のお父上の忠次様、これは先々代の関東惣《そう》代官《だいかん》様ですが、このお方は、上野介様のお父上の、正信様と三河一向一揆を起こされたお方でした」

家康がまだ二十代だった頃、領国の三河で一向宗徒が宗教一揆を起こした。一揆は鎮圧され、一揆の首謀者は追放された。その中に本多正信と伊奈忠次がいた。

本多正信と伊奈忠次は、加賀や大坂など、一向宗の拠点で活動しつづけたが、本能寺の変に際して、堺で立ち往生した家康に接近し、帰参した。

「一向一揆は、道々外生人の反乱でもあったわけです。本多正信様も伊奈忠次様も裏の世情に通じておられた。それゆえ本多様は家康公の側近に、伊奈様は関東惣代官に抜擢されたのでございますよ」

「家康は、本多を使って、服部家を潰させたのですか」

「左様です。さらには、関東惣代官の伊奈様に命じて、金山奉行だった大久保長安様を取り潰させた。——毒を以《もっ》て毒を制する、とでも申しますか、家康公とは恐ろしいお方でございました」

信十郎は暗澹とした。権力を維持するためとはいえ、なにゆえそこまで陰謀を逞しくしなければならないのであろう。

「それで終わりではございませんよ。秀忠様はおのれの権力を万全たらしめるために、越前忠直様を始末しないといけない。家光様、忠長様のご兄弟も、いずれはどちらかがどちらかを、お取り潰しにならねばならぬ宿命にござりましょう」

「無残な……」

そんな忌まわしい世界にキリが巻き込まれている。これもまた、服部半蔵家の当主として逃れられない宿命なのか。

――キリ、必ず救い出してやる！

信十郎は利根川の水面を睨みつけた。

六

秀忠一行は、完成したばかりの日光街道を南下していた。

「まこと、好天に恵まれてようござった」

と、駕籠の脇に騎馬でつけた柳生宗矩が微笑している。が、駕籠からわずかに顔をのぞかせた秀忠は、ウンザリとした表情で見上げた。

「そなたは馬上で風に吹かれておるから涼しかろうが、駕籠の中は暑くてたまらぬぞ」

四月とはいえ陽差しがきつい。日光の山中から下りてきたので余計に暑さが身にこたえる。のちに有名になる杉並木も、まだ苗木すら植えられていない。かんかん照りに照らされるままに進んでいくしかなかったのだ。

一日じゅう行列を悩ませていた太陽も、ようやく西に傾きつつあった。宇都宮北部の低山地帯を抜けると、眼前に関東平野が広がった。

「おお、宇都宮城が見えまするぞ」

彼方に白亜の櫓が遠望できた。今宵の宿は宇都宮城だ。秀忠も近臣たちも、ホッと安堵の吐息を漏らした。

宇都宮城は北西方面に三ノ丸を築いていた。宇田門を通って入ろうとした騎馬武者が本多の家臣に呼びとめられた。

騎馬武者はニコリと笑って一礼した。鐙《あぶみ》から足を放していたが、騎乗したままの挨拶だ。

「拙者は宝台院様に仕える者でござる。上様のお側女中を警護するため、来城つかまつった」

宝台院の署名入りの鑑札を差し出した。

騎馬武者の後ろには緋色の袴を着けた娘が控えていた。いかにも御殿女中らしい美しさだ。

本多の家臣は恭しく一礼した。

「ご無礼つかまつった。お通りくだされ」

宇都宮城には、宝台院の使いだけでなく、将軍家直轄の番衆らも在陣していた。賄い方の料理人や女中まで応援に駆けつけている。城のどこを覗いても、見知らぬ顔が歩き回っていた。

いったん宇田門を抜けた騎馬武者は、馬を乗り捨てると城内側から門に戻った。たったいま応対したばかりの門番が、西日を浴びて立っている。

武者は腰の刀を引き抜くと、音もなく近づき、門番を背中から串刺しにした。

「あっ！」

と、もう一人の門番が目を丸くする。だが、その瞬間には、首筋を背後から斬り裂かれていた。

ドッと崩れた門番の背後に、緋色の袴を着けた美女が懐剣を手にして立っていた。

騎馬武者が死体を物陰に引き込もうとすると、美女は冷たい声音で制した。

「放っておけ。もはや隠す必要もない」

袴を風になびかせつつ三ノ丸櫓に駆け上る。武者もあとにつづいた。

三ノ丸櫓にもおびただしい死体が転がっていた。本多の城兵だ。その周囲に柿色の装束を着け、覆面で顔を隠した忍びが何人も集まっていた。

「秀忠が来るぞ」

そう告げながら、キリは美貌を覆面で隠した。小袖と袴を脱ぎすてると一瞬で忍び装束姿となった。

「大筒を引き出せ」

三ノ丸櫓の扉が開かれ、大筒が姿を現した。夕日の沈む北西に向かって筒先を据えた。

宇都宮城の大手門は北西（日光方面）に向かって開いている。秀忠の行列は北西から城門に近づいてくる。櫓の下からまっすぐに街道が延びていた。

キリは覆面から鋭い視線を覗かせた。

「砲撃の直後に斬り込むぞ。確実に秀忠の息の根をとめるのだ」

忍び衆は声もなく頷いた。

服部半蔵家の誇る最後の精鋭。もはや十数名を数えるのみだ。一時は数百名の伊賀忍軍を率いていた半蔵家だが、その多くは伊賀組同心として引き抜かれ、あるいは藤堂高虎の家臣にされた。没落した半蔵家に残されたのは、家つきの下忍たちだけであった。

——この人数だけで戦えるか……。

キリの心を不安がかすめた。

せめて、あと十数名の伊賀者がいれば確実なのだが。

——もはや、生還は期さぬ。

この命と半蔵家の残余すべてを、秀忠の命と引き換えにする。

——自分が男であったなら……。

キリはふと、そう思った。信頼のおける女に子種を残し、服部家の血筋を後世に伝えることができたであろう。

——信十郎！

せめて、あの男の息子を産んでから、事を起こしたかった。

キリは首を振った。

――何を迷っておる……。

秀忠の行列の先頭が見えた。キリは手振りで指示を出した。

伊賀者は二手に分かれた。一隊は大筒を操る。もう一隊が砲撃で混乱した行列に斬り込み、とどめを刺すのだ。

キリは斬り込み隊を率いて三ノ丸から走り出た。先頭は例の騎馬武者だ。いつの間にか本多家の旗を背負っている。本多の使番に化けて秀忠の行列に近づくのである。

キリと残りの忍びは裸馬の腹にしがみついた。傍目《はため》には、無人の馬に見えた。

騎馬武者に率いられた空馬数頭が宇田門を出る。

そのありさまは城内からもよく見えたが、本多の家臣たちは、秀忠の行列で急に馬が必要になり、城から引き出されたのだとしか思わなかった。

七

日光街道は宇都宮北西部の高台地帯を走っている。一方、宇都宮城は東を流れる川を天然の堀に見立てて造られていた。

秀忠の駕籠は坂道を下り、低地帯にさしかかった。周辺は田植えを終えたばかりの深田である。地固めされたばかりの道をゆるゆると進んだ。

と、そのとき、先頭を行く旗本が、宇都宮城に白い煙が噴き上がるのを目撃した。彼は一瞬、自分が何を見たのかが理解できなかった。だが次の瞬間、それは大筒の発砲影であると気づいた。

さらにその直後、ドーンと砲声が轟いて、つづけて着弾の地響きが伝わってきた。馬が棹立ちになり、彼はその場に放り出された。

「上様ッ!!」

深田の泥中に転がりながら背後を見る。と、つづけざまに撃ち込まれた砲弾が行列の中央、秀忠の駕籠の周囲に連続して着弾するのが見えた。

「なんたることッ!!」

ふたたび宇都宮城に視線を向けた。白亜の城壁が夕日を浴びて輝いていた。

「本多上野の謀叛かッ！」

旗本は泥の中で立ち上がると刀を引き抜いた。とにもかくにも将軍のもとに駆けつけて、お護りせねばならない。

だが。畦道《あぜみち》に這い上がろうとした旗本の首は、背後からの一閃で斬り飛ばされた。

旗本の脇を騎馬武者が駆け抜けていく。旗本の胴体は血飛沫を噴き上げて倒れた。裸馬の腹部から忍びの者たちが這い上がってきた。馬の背に座り直すと得意の獲物を摑み出した。ある者は忍刀《しのびがたな》、ある者は手槍、ある者は鎖鎌、雑多な武器で斬り込んでいく。

秀忠の行列は混乱の極みに達していた。砲撃を受けた駕籠が砕けたり傾《かし》いだりしている。用心のため同じ乗り物がいくつも並列していたが、そのすべてがひっくり返されていた。

忍び衆の轡音《くつわおと》に気づき、馬廻りの旗本たちが陣形を組んだ。さすがに徳川の精鋭というべきか。

だが、彼らも砲撃の衝撃で混乱している。着弾の風圧と爆音で耳をやられていた。三半規管が痛んでしまい、目眩を起こした状態だ。砲撃ではね上げられた石や破片を食らって、血を流している者もいた。

キリは並走する騎馬武者を追い抜き、秀忠の馬廻り衆に突撃した。

無言で太刀を振り下ろし、あるいは馬蹄で跳ね飛ばす。旗本たちは満足に戦うこともできない。陣形は瞬くうちに切り崩された。

キリがつくった突破口を伊賀者たちが押し広げる。いたるところで血飛沫が噴き上がり、旗本たちが倒されていった。

キリは脇目もふらずに馬を進めた。秀忠の駕籠まで十間に迫る。着弾で開いた大穴を飛び越え、秀忠供廻りの死体を踏み越えた。

ひときわ豪華な乗り物が深田の中に転がっていた。間違いなく、秀忠本人の駕籠であった。

キリはヒラリと馬から飛び下りた。忍び特有の直刀を振りかざし、駕籠に駆け寄る。

「秀忠ッ、覚悟！」

駕籠の扉を片手で開けた。駕籠ごと裁ち切る気合をこめて、中の人影に斬りつけた。

が――。

ヌウッと白刃が突き出されてきた。キリの刀を受けとめる。

「あっ⁉」

ガキンと鋭く刃が鳴った。柄を握った手が痺《しび》れた。

突き出された刀は、男の片手で握られていただけだったが、キリの打ち込みを見事に跳ね返した。キリはにわかに動揺し、おもわず背後に飛び退いた。

駕籠の屋根板がパタンと開いた。男がスッと立ち上がってきた。

キリは両目を見開いた。

「し、信十郎⁉」

信十郎が、駕籠の中から悲しい目つきでキリの姿を見つめていた。

「なぜだ！　なぜ信十郎がここにいる⁉　秀忠は、秀忠はどこだ！」

信十郎は肩ごしに背後をチラリと見やった。キリはハッとして目を向けた。

高台に騎馬の一団が見えた。先頭の白馬に跨っているのが秀忠だ。その脇を柳生宗矩と伊奈忠治、鳶澤甚内と風魔衆、さらには徳川の旗本が固めていた。

キリは愕然として見つめた。

「たばかられたのは、我らのほうか……」

柳生十兵衛が斬り込んでくる。半蔵家の下忍たちを斬り倒した。

計略が失敗し、下忍たちは少なからず動揺していた。暗夜や悪天候など、忍びに有利な条件はない。夕日に真っ向から照らされていては、得意の忍術も使えなかった。

こうなれば兵法家の独壇場である。十兵衛が剛剣を振り下ろすたびに、服部の下忍が一人ずつ絶命した。

鬼蜘蛛も参戦してくる。クナイを縦横に投げつけて、伊賀者の手足を攻撃した。

「おのれ……」

キリは凄まじい形相で秀忠一行を睨み上げた。

「どこへ行く気だ」

信十郎がキリの前に立ちはだる。キリは腰を落として太刀を構えた。

「秀忠に斬り込む」

「やめろ！」

信十郎は一喝した。

「もはや半蔵家は滅んだ！　お主はなにものにも縛られない！　俺と同じだ！」

キリは決然と言い返してきた。

「オレには半蔵としての意地がある！　邪魔だてするな！　邪魔をするなら、信十郎といえども――」

キリは、直刀を信十郎に向けた。

「斬る！」

信十郎は、ゾッとするほど悲しい目を向けた。まるでこの世の終わりを覗いたような顔をした。

キリが斬り込んでくる。信十郎は片手で剣を振り上げてはね除けた。

が、キリの突進はとまらない。小柄な身体を丸めると、信十郎の懐に飛び込み、拳を突き上げてくる。拳には鉄菱が握られていた。

信十郎は身体を反らして避けた。それでも襟元がザックリと切り裂かれた。

身体を離したその隙に、キリがまたも斬りつけてきた。信十郎は真っ向から剣を振り下ろす。キリの刀の峰を打った。忍び刀は金剛盛高を受けかねて、ボキリと根元から折れた。

「くそっ！」

キリは折れた刀の柄を投げつけつつ、腰の懐剣を引き抜いた。左手に鉄菱を握ったまま、短刀を腰だめに構えた。

短刀の奥義は、身体ごと相手にぶつかっていく、というものだ。忍びとしてのキリの跳躍力は図抜けている。信十郎が相手といえども必ず腹部を貫ける。キリにはその自信があった。

だが、体当たりをかます瞬間、真っ向から斬りつけられるであろう。信十郎を刺すと同時に自分も死ぬ。

そう気づいた瞬間、キリの心は、怒濤のような感情の渦に巻き込まれた。

――信十郎と一緒に死ねる!!

徳川宗家への復讐も果たせず、半蔵家の再興もならず、伊賀の天地を取り戻すこともできなかった。

それでも、信十郎とともに死ねるのであれば悔いはない。

だが。

信十郎は、フラリと構えを解いた。そればかりか金剛盛高をカラリと捨てた。

腕を大の字に開いている。

「来い」

何もかも投げ捨てたよう表情で、しかし、キリにだけは伝わる何かを視線に凝らして、立っていた。

この状態で一突きされれば即死だ。

「馬鹿にしているのか！」

キリはますます悩乱し、叫んだ。これでは信十郎だけが死に、キリは生き残り、そして、何者とも知れぬ徳川の手勢に斬り殺されることとなる。

──そんなのはイヤだ！

しかし、そうする間にも、信十郎は腕を広げた無防備な姿で迫ってきた。

「来い」

決然として言う。無造作に踏み込んでくる。そしてついに、一間の端境を越えた。

キリは、無意識に跳躍していた。この息苦しい悩乱から逃れるためにはそれしかなかった。

短刀を信十郎の腹部に突き出す。が、その手首をギュッと握られた。

「あっ！」

右手を搾り上げられた。瞬間、左手の鉄菱を叩き込む。だが、左手首も信十郎に摑まれた。

キリの身体は大の字に引き伸ばされた。信十郎の顔がキリの目の前にあった。

握られていた左手が解かれた。信十郎の右手がキリの覆面に伸びて、口を覆った布地を顎の下まで引き下ろした。

淡い桃色の唇が、震えながら現れた。信十郎の唇がいきなり貪《むさぼ》りついてきた。

キリは咄嗟に鉄菱を叩き込んでいた。忍家として鍛え上げられた肉体が、反射的に反応したのだ。

だが――。

本来なら首筋に叩き込み、血管《ちくだ》を断つはずの一撃は、信十郎の肩の、最も分厚く筋肉ののった部位に刺さっていた。キリには、信十郎を殺すことなどできなかったのだ。

キリは唇を吸われている。信十郎の舌が差し込まれ、キリの口内を思う存分に犯した。

キリは目を閉じた。咽首を反らし、美貌を上向けさせて、信十郎の口づけに応えた。鉄菱と短刀がカラリと落ちた。キリは両手で信十郎の背中を抱きしめた。

——オレの負けだ……。

キリは、敗北を悟った。


信十郎は、キリから〝半蔵〟が落ちたのを見て取った。

——もう大丈夫だ……。

秦河勝からつづく伊賀の名族、服部半蔵家の怨念が、キリの肉体に憑依《ひょうい》していた。半蔵として生きることを強要していたのだ。

キリの身体を横抱きにする。驚くほどに小柄な娘だ。〝半蔵〟が憑《つ》いているときだけおぞましい忍家に見えていたのだった。

「おい、信十郎さんよ！」

半蔵家の残党を掃討し終えた十兵衛が走ってきた。

「手筈どおりに頼む」

信十郎は気を失ったキリの身体を十兵衛に託した。

「おう、任せておきねぇ。キリ姉ぇには指一本、触れさせせねぇぜ」

キリを担いで坂の下に走る。関東平野の低地にはいたるところに川が流れて、しかも周囲は深い葦に覆われていた。日が沈もうとしている。葦の川面は闇に包まれ、追跡も困難をきたすであろう。

「こっちや！」

葦の葉陰に鬼蜘蛛が小舟を用意していた。十兵衛が飛び乗ると、鬼蜘蛛は不器用な手つきで船を出した。

八

その頃。

宇都宮城も大混乱に陥っていた。

さすがの本多正純も泡を食っている。当然であろう。自分の城から大筒が放たれ、秀忠の行列を襲ったのだ。

しかもその大筒は、宇都宮城に存在しているはずのない武器なのである。

三ノ丸櫓から撃ち出されたことを突きとめ、城兵を向かわせたが、もうそこは、もぬけの空。大筒と城兵の死体だけが残されていた。

正純はギリギリと歯嚙みした。

――してやられたか……!

何者の仕業かはわからぬが、謀叛の事実をでっちあげられてしまった。

この状況を挽回するのは難しい。

「あと一年の猶予があれば……」

忠直の決起も成功し、秀忠親子を討滅することができたのだが。

正純は改めて、南朝遺臣の恐ろしさを思い知った。切所《せっしょ》の際に、大逆転を許してしまったのだ。

九

秀忠は、鬼怒川沿いの河岸段丘に陣を敷いた。目前には見晴らしのよい河原が広がっている。背後は大河を天然の堀に見立てて守った。陣幕を幾張りも巡らせて本陣の場所を隠蔽させた。

「何がどうなっておるのだ!?」

床机に腰を下ろし、イライラと爪を嚙んでいる。ただでさえ血色の悪い顔が、いっそう荒《すさ》んで見えていた。

数刻前。

宇都宮にさしかかる寸前、伊奈忠治が血相を変えて駆け込んできた。伊奈の組下の乱破衆から火急の知らせが飛び込んできた、というのだ。

あとはもう、何が何やらわからない。

関東乱破の頭目らしい鳶澤甚内という男に差配され、駕籠から出されて列の後ろに移された。

自分の駕籠には別の若者が影武者として入った。

秀忠は、その者の顔を見たとき、何かを思い出しかけた。どこかで見た顔だと思ったが、『どこかで見た顔』なら旗本じゅうに何千人といる。

だが、若侍が襲撃者を撃退する様を見て完全に思い出した。

家光と忠長が斬り合った夜、二人を救うべく奔走していた謎の若侍であったのだ。

――何者なのだ、あやつは……？

左右には永井《ながい》白元《あきもと》、井上正就《いのうえまさなり》ら側近が控えているが、彼らに問うても満足な答えが返ってくるはずもない。秀忠は世故に通じた老臣の到着を待った。

陣幕《まく》を捲る音がして、柳生宗矩と伊奈忠治が入ってきた。秀忠は怒声を張りあげた。

「この襲撃、なんとしたことぞ！」

東照神君七回忌の法要にして、二代将軍秀忠の威信を賭けた社参であったのに、まんまと大恥をかかされたうえ、命の危険にまでさらされた。いかに温厚な秀忠だとて辛抱できる事態ではない。

「正純の謀叛か⁉」

宇都宮から殷々《いんいん》と響く砲声がいまだに耳朶《じだ》に残っている。撃ち込まれた砲弾の恐ろしさと、四散した旗本の死体の様が脳裏に浮かんだ。

柳生宗矩は首を横に振った。

「いいえ。上州殿にはこたびの一件、一切あずかり知らぬことでございました」

「馬鹿を申せ！　現に宇都宮城から砲撃が加えられたではないか！」

今度は伊奈忠治が口を開いた。

「乱破どもの調べによりまするとと、宇都宮城に大筒を運び入れたのは、宝台院様のご配下である、との由にございまする」

秀忠は愕然とした。

「母上が⁉　なぜじゃ」

伊奈忠治は苦渋に満ちた表情で答える。

「宝台院様におかれましては、上州殿を陥れるため、あえて禁制の大筒を宇都宮城に運び入れさせ、それをもって『謀叛の証』とし、上州殿を失脚に追い込もうという、お腹づもりであったそうにございまする」

「なんと愚かな……!!」

このときの秀忠はまだ、本多正純の陰謀によって息子二人が殺されかけたという事実を摑んではいなかった。正純は徳川の忠臣だと信じていた。

伊奈忠治は、鳶澤甚内と風魔衆から集めた情報を逐一伝えた。

秀忠は、さらに混乱、絶望した。

「なんと、服部半蔵が母上をも裏切り、徳川宗家を潰さんとしたか……」

「おそらくその背後には、越前宰相様を新将軍に押し立てんとする者どもの意向がございましょう」

柳生宗矩もつづいた。

「愚息十兵衛よりの知らせによりますれば、先日の辻斬り騒動を煽っていた者も、どうやら、上州殿であったようにございまするぞ。浪人どもを雇い、口車に乗せ、若君を討ち取らんと謀っておったようにござる」

ここぞとばかりにライバル正純を貶《おとし》め、ついでに息子の点数稼ぎをする。が、言っていること自体は的を射ていた。

「十兵衛が……」

と、そのとき、秀忠の脳裏に、もう一人の若者の姿が、ふたたび蘇ってきた。

「……あの者は、何者なのだ」

ギロリと目を剝いて、伊奈忠治と宗矩を睨んだ。

「あの者は何者か。先夜は家光と忠長を救った。そしてこたびはわしを救った。何者なのだ。申せ！」

忠治と宗矩は顔を見合わせ、気まずそうに面を伏せた。その態度はこの二人が、若者の正体を知っていることを物語っていた。

「申せ！」

伊奈忠治がおそるおそる顔を上げた。

「かくなるうえは、包み隠さず申し上げまする」

「うむ」

「あの者は、豊臣秀吉公の遺児であるとの由にございまする」

秀忠は一瞬、何を言われたのか理解できない様子で目を剝いた。唇を引き結んだまま、忠治の顔を見つめている。

　宗矩があとにつづいた。

「上様、これは我ら柳生が調べたことにござるが、慶長《けいちょう》二年（一五九七）、秀吉公は大和の山ノ民の娘に、子を産ませてござる。その後、その子は加藤清正によって肥後に運ばれ、肥後の菊池によって匿われ、育てられた由にござりまする」

「肥後の菊池だとォ!?」

　宝台院ら、西郷一族の宗家であり、北畠、新田、楠、名和などと並ぶ南朝方の大勢力だ。南朝の中で、いまだに勢力を維持しているのは菊池一族だけであり、それだけに南朝遺臣や道々外生人らへの影響力も絶大であった。

　宗矩は熱に浮かされたような表情でつづけた。

「菊池の地ではあの者、真珠郎《しんじゅろう》と呼ばれておるらしく――、真珠とは、神のもつ二つの顔、荒御魂《あらみたま》と和御魂《にぎみたま》の和合した極を申すらしく、あの者は菊池にとっては皇子とも目されており……」

　秀忠は、もう、何も聞いていない。頭の中でさまざまな思いが駆けめぐっている。

　――秀吉の遺児にして、南朝菊池の皇子……！

　さらには大和の山ノ民とも繋がっている。大和の山ノ民といえば、目の前にいる柳生も同類ではないか。甲賀、伊賀、根来、申樂の者ども、すべてと繫がっていると言っても過言ではない。

——勝てぬ！

秀忠は絶望とともに悟った。

——さすがはあの秀吉公よ……。よくも謀られたことだ……。

幼少の頃、大坂城で対面したときの、秀吉の威風が目に浮かんだ。

だが——。

「ならば、なにゆえあの者は、我ら親子を救ったのだ。徳川は敵《かたき》であろうに……」

これには忠治、宗矩ともに答えがない。

秀忠は、それから一刻近く黙考した。血走った目と嚙みしめた唇から血が滲むほどに熟慮したのち、ようやく、顔を上げた。

「……その者を、わが陣所にお呼びいたせ。徳川旧主の子息である。関白家のお子じゃ。くれぐれも失礼のないようにな」

命を受けた側近が信十郎の居場所を探しに走りだした。

第八章　天下御免状

一

秀忠は宇都宮を避けて壬生《みぶ》城に入った。

かがり火が激しく燃え上がっている。城壁を眩しく照らし、徒武者の影を黒々と映している。水堀にまで松明が吊るされ、忍者の侵入を防いでいた。

信十郎を乗せた駕籠が城門前に横づけにされた。

江戸城に限らず、将軍が着陣している城の玄関に、駕籠で乗りつけることを許されている者は、天皇の勅使、親王、摂関家などに限られている。

つまりこれは信十郎のことを、豊臣家（関白家）の御子として認めている、ということを意味していた。

駕籠の扉が開かれた。信十郎は長身を窮屈そうに屈めて、外に出た。

秀忠の近臣、井上正就が頭を下げて出迎える。

「こちらにございまする」

案内されるままに本丸御殿に向かう。壬生城は小大名の城だ。本丸御殿とはいっても、寺の本堂ぐらいの大きさしかなかった。

信十郎は開かれた蔀戸《しとみど》から御殿の中に踏み込んだ。

背後で扉が閉じられた。板敷きの御殿には蠟燭が何本も立てられていた。壁は白木造りで障壁画もなく、いかにも徳川の譜代らしい質実剛健ぶりであった。

秀忠の小姓番らしき者たちが無言で折敷いている。床には敷物が置かれていた。信十郎は腰を下ろした。

ややあって、ドカドカとせわしない足音が近づいてきた。蔀戸が開き、狩衣姿の痩せた男が入ってきた。

信十郎の席の正面に、もう一つの敷物がある。上座を背にはしておらず、対等な位置に置かれていた。男はそこに立ち、血走った目で信十郎を見下ろした。

信十郎は視線を上げて、男の視線を真っ正面から受けとめた。

——顔色がよろしくないな……。

まず、最初に感じたのがそれだった。頬も眼窩も落ち窪み、目玉だけギラギラと光らせている。唇も血の気が乏しく、表面がザラザラに乾いていた。

男はドッカリと腰を落とすと、両袖を広げて威儀を正し、一礼した。

「徳川秀忠でござる」

信十郎は呆気にとられた。なんと返答したらよいかわからなかった。天下の将軍と浪人の自分が対等に席を並べているだけでも異常なのに、さらに驚くべきことに、先に挨拶をよこされてしまったのだ。

とりあえず名乗らねばなるまい。と思い、頭を下げた。

「波芝信十郎にございます」

すると、秀忠は少し微笑んだ。

「なるほど、波芝はハシバに通じるのでござるな」

信十郎も微笑を返した。

「何もかもご承知でしたか。いかにもそれがし——」

「あいや」

と、秀忠に手を伸ばされて制された。

「そこもとがどこのどなた様なのか、それを知りたくはござらぬ。それを知れば、それがしは、そこもとを討たねばならぬことになるやもしれぬゆえ」

実直で真心の籠もった言葉であった。信十郎は直感的に、この男は、人として信用できると理解した。

「波芝殿には、我が息子二人をお助けいただき、さらにこたびは我が一命をもお助けいただいた。かえすがえすも御礼《おんれい》申し上げる」

「いや、それは――。大勢の人が死ぬのを見たくなかっただけなのです。結果として、あなたがたをお助けすることになっただけで……」

言い訳じみた物言いをモゴモゴと口にすると、突然、秀忠が、腹の据わった大声を放ってきた。

「その思い、まさにそれがしの思いと同じ！」

信十郎は、虚を突かれて、不躾《ぶしつけ》な視線で秀忠の顔を凝視した。

秀忠は、なにやら決然として、ウンウンと頷いている。

「世の者どもは、我ら徳川が、我が身可愛さで豊臣家を攻め潰し、外様大名を取り潰し、譜代家臣から領地を取り上げ、あまつさえ我が親族をも殺したと見ておる。だが、それは違う」

「違いまするか」

「断じて違う。……ときに、波芝殿」

「はい」

秀忠は、信十郎の目を覗き込んできた。

「なにゆえ波芝殿はお立ちになられぬ。波芝殿が徳川打倒にお立ちになれば、徳川に不平を託《かこ》つ大名や浪人、伊賀や甲賀の道々外生人たちが一斉に蜂起いたそうに」

「そうかもしれません」

「それがわかっておりながら、なにゆえ、立たれぬ」

信十郎は、困った顔で首をひねった。

「最前申しましたとおり、わたしは、多くの人が死ぬのを見るのが嫌なのです。ましてそれが、わたしの野心によって引き起こされたとあってはなおさらです。とてものこと耐えられませぬ」

「それこそが、それがしと同じ思いなのでござるよ、波芝殿」

「左様ですか」

「左様。我ら将軍家は、世の安寧のため、野心をもった者どもを討ち平らげてまいった。いかにも、それは徳川の身勝手ゆえに見え申そうが、それがしの心は、ただただ、信長公、秀吉公、そして家康がつくった平和が壊されることがあってはならない、と、その一念でござる」

詭弁に聞こえなくもない。

だが、徳川が天下を掌握してのちに起こった権力闘争が、武家社会内での禍根にとどまっているのは事実だ。たしかに多くの大名が取り潰された。が、民草の平和は永続している。

日本国は、家康が天下を取るまでは、何百年間も延々と合戦ばかりしている国だった。村は焼かれ、農作業もままならず、人心は荒廃し、それがさらなる戦乱を生んだ。その苦しみに比べれば年貢の重さなどなんであろう。少なくとも民草は、命の危険にさらされることなく、平穏に生きている。

——なるほど、それが俺と秀忠公の、思いの一致するところか。

詭弁でもなんでもいい。平和という事実に敬服し、このしかつめらしい男を信じてみるのもよいのではないか、と、そんな風に思った。

信十郎は、笑みを浮かべて顔を上げると、一度大きく頷いた。

一方。秀忠は秀忠で、目の前の信十郎を必死になって観察している。頭の中でさまざまな思いが渦巻いていた。

──これが豊臣秀吉の遺児なのか……。

秀忠は少年の頃、秀吉と対面したことがある。秀吉は人好きな男であり、また、秀忠を籠絡しようという下心があったか知らぬが、とにかく親しく接してもらった。

その秀吉とは似ても似つかない。秀吉は鼠顔の小男だったが、信十郎は眉目秀麗たる美丈夫だ。

だが。

──間違いない……。この男は秀吉の子だ……！

秀忠は、身震いとともに確信した。

信十郎の全身から〝眩しい何か〟が発散されている。目には見えない何かがこちらに押し寄せてくる。正直なところ、息苦しくてたまらなかった。

剣客が放つ殺気にも似ているが、剣客たちが無理して放つ気合とは異なり、自然体の全身から、深々と湧いてくる何かなのだ。

それは英雄だけが持つ何かであった。秀忠が知る限り、この何かを放っていたのは、秀吉と、父家康のみであった。この何かに圧倒されて、海千山千の荒大名どもがなす術もなく心服し、あるいは手玉に取られた。

秀忠は信十郎を凝視した。

外見は異なれど、放つ気は同じだ。

秀忠はゴクリと生唾を呑んだ。

——俺はこの男を殺さねばならぬのか……、それとも……。

恒久平和に仇なす者であるならば、討ち殺してしまうよりほかにない。

——だが、俺にこいつが殺せるのか……。

殺しそこなえば、即座に天下がひっくり返る。秀忠は家康が残した『平和という遺産』を一代で潰した愚か者として歴史に名を刻むこととなるのだ。

秀忠は首を横に振った。

——だめだ。俺にはできぬ……。

幼少の頃、秀吉の目に射すくめられたとき、あるいは父の御前に引き出されたときに感じた恐怖と劣等感を思い出した。

凡人の俺では太刀打ちできない。とてもこいつらには敵《かな》わない。そう思いながら、頭を低くして生きてきた。その父たちと同じ空気を身に纏い、信十郎が目の前に座っている。

秀忠は、顔を上げた。

「波芝殿」

「なんでございましょう」

「一つお訊きしたい。波芝殿が、民の安寧を願っておられることは、理解いたした。……では、波芝殿ご本人は、どういった人生を望んでおられるのでござろうか」

哲学的なその問いに、信十郎は明確に答えた。

「自由に生きたい。それだけです」

その瞬間、なぜか秀忠の脳天に、カッと血が昇った。おもわず彼は、吐き出すように口にした。

「そなたは獣か」

「獣？」

「左様、我ら人間は、それぞれ持って生まれた宿命を背負わされておる。そなたとて同じ。宿命を背負う責任も果たさず、自由に生きておるものは獣だ。動物だ！　人ではない！」

最後には叫び声になっていた。背負わされた宿命の重さに押し潰されそうになっている小人物の叫びであった。

「宿命ですか……」

秀忠の叫びが信十郎の心を深々と貫いた。信十郎は悲しみとともに受けとめた。

キリは、服部半蔵家の当主として生まれたばかりに、やりたくもない将軍暗殺を実行した。

その標的となった秀忠もまた同じ。宿命からは逃れられない。将軍として馬車馬のように幕府を牽引し、死ぬまで走りつづけるしかない。秀忠がそれをやめたとき、日本はふたたび戦国の世に逆戻りする。秀忠は、その事実を理解している。

信十郎は悲しげに首を振った。

「わたしは滅んだ家の子です。では、わたしの宿命はなんなのでしょう。豊臣家を再興すること？　そのために多くの人を戦乱に巻き込むのは御免です」

「左様であったな」

秀忠は、ため息をついた。

「すまぬことを申した。許されよ」

小姓が酒膳を運んできた。二人はゆるゆると酒を飲んだ。

ややあって、秀忠は、盃を伏せると、自分の手で膳を脇にどかした。何か、決然とした表情を浮かべている。

「波芝殿」

　と言うなり、両手を床について平伏した。

　信十郎は驚いた。相手は将軍、こちらは浪人。たとえ秀忠が昔、秀吉に仕えていたとしても、それはあくまでも昔の話だ。

「な、何をなされる。お手をお上げくだされ」

「いいや、この秀忠、波芝殿に伏して、伏して、お願いいたしたき儀がござる」

「何事でございましょう」

　秀忠は顔を上げ、上目遣いに信十郎を見た。その形相は必死そのものであった。

「息子二人をお救いくだされ！」

　信十郎は、ますます困惑させられた。

「それはいったいどういう――」

　秀忠は唇をきつく結んで黙り込んだ。そして信十郎をじっと見つめていたが、やがて両目を真っ赤にさせると、ハラハラと涙を流しはじめた。

「有《あ》り体《てい》に申して、不肖秀忠、徳川家ひとつ、まともに治めることも叶わぬ愚人でござる」

「それは……」

「波芝殿もすでにご承知のとおり、今の徳川家は四分五裂、三河武士どども、南朝遺臣ども、それぞれ好き勝手に跳梁跋扈《ちょうりょうばっこ》し、さらには――」

秀忠は涙を拭いもせずつづけた。

「我が母の宝台院、我が妻のお江与、家光乳母の斉藤福、それぞれに野望を逞しくして張り合うてござる。もはや、この秀忠にはいかんともしがたく」

母も持たず、妻も持たず、子も持たぬ信十郎には理解の外の悩みである。が、愛し合っていたはずのキリですら、信十郎の願いどおりにはならなかった。しょせん、それが人間というものなのかもしれない。

「そしてなにより悩ましいのは、家光、忠長の愚息どもでござる」

信十郎は、これぱかりは即座に理解して、痛ましそうに秀忠を見つめた。

「ご兄弟で斬り合いをなさっておられたが、それほどまでに仲がお悪いのですか」

秀忠はガックリと頷いた。

「家光を厳しく育てすぎ、逆に忠長は甘やかせすぎ申した。家光はこの父を憎み、この父から愛されておらぬものと思い込み、一方、忠長は、慢心増長著しく、次の将軍職を継げるものと早合点いたし――」

子育ての難しいところであろう。秀忠にすれば、家光には立派な将軍になって欲しかったのであろうし、忠長はいつまでも可愛い息子であって欲しかっただけだ。

「もっとも、息子だけなら、この秀忠だけでもどうにかなり申す。だが」

秀忠は、深刻な顔で信十郎を見た。

「家光、忠長には、それぞれ家臣どもが張りついてしまった。二人の息子はもはや、ただの人ではなく、家臣どもに担ぎ上げられた神輿なのだ。担ぎ手が進むほうに向かって、どこまでも担がれて行くほかはない」

その担ぎ手は一人残らず野心家で、将軍秀忠の意向すら無視する。徳川家内部の相剋がいかほど深刻かが理解できた。

「さらには、我ら親子を潰さんと謀る者どもまでおる」

「本多正純殿ですな」

「正純だけとも思えぬ。南朝遺臣に担がれた我ら父子を疎ましく思う三河武士は、貴殿が想像するよりはるかに多い」

信十郎は、秀忠の心境を思いやって慄然とした。

――いったい、この人のお立場とは、なんなのであろう……。

天下の将軍であるにもかかわらず、家臣や家族に振り回されている。誰も将軍の命令には従わず、おのれの野望の命じるままに暴走していた。彼らの野望を満たすための出汁《だし》として、将軍が必要とされているにすぎぬのだ。

そのとき、信十郎の脳裏に、はたと閃くものがあった。

――そうか、秀頼公も、同じ様相であったのだな……。

顔すら知らぬ兄だが、その惨めな生涯は聞かされていた。実母淀君とその側近の女たち、大坂城に入り込んだ浪人どもに引きずり回され、無謀な合戦に打って出ることを強要されたあげくに自刃した。

――つまりは、こういうことだったのだ……。

今、目の前にいるこの男は、兄秀頼と同じなのだ。

信十郎の心のうちで、何かが目覚め、それがムクムクと盛り上がってきた。

――俺は、この男を護らねばならぬ……！

この男と二人の息子が破滅に進めば、あの大坂の陣のような大惨劇がふたたび起こる。そしてこの男と二人の息子は、兄秀頼のような悲惨な末期を迎えるのだ。

信十郎は秀忠の目を見つめ、訊ねた。

「秀忠様とお子二人をお助けまいらせるとして、しかし、このそれがしに、いったい何ができましょうか」

「そなたなら、いかようなことでもできよう」

「なにゆえ、そう言い切れます？」

秀忠は、ようやくニッコリと微笑んだ。

「そなたには、そういう星がついておる。そうとしか言えぬが、それは間違いのないことなのだ」

その気になれば、天下を取ることもできよう。そう言いかけて、秀忠は口をつぐみ、ニコリと笑った。

「さて、これを――」

秀忠は、なにやら書状を書きとめた。

「これをお受け取りいただきたい」

両手で恭しく捧げ、差し出してきた。

「なんです」

信十郎は両手で受けて紙面を見つめた。

「これは……！」

信十郎が驚いたのを見て、秀忠は、少し悪戯っぽく笑った。

「この秀忠の御免状でござる」

将軍直々に特命を受けた者だけが所持を許される天下御免状である。いかなる街道、関所、禁足地をも突破が許され、譜代、親藩、天領の民を家臣のように動員できる。

念の入ったことに外様大名家への助力を乞う文言まで書きつけられていた。

むろん将軍家の家紋入り、将軍秀忠の署名と花押入りである。

「お受け取りいただけようか」

秀忠が真摯な視線を向けてきた。

「家光、忠長の命をお守りくださり、愚息二人の行く末を見届けてくださると仰せならば、この御免状、波芝殿に差し上げよう」

信十郎は、もう一度手元を見つめ、しばし考えこんでから、顔を上げた。

「家光殿、忠長殿、それに秀忠様をお守りすることが、天下の安寧に繋がるのであれば、喜んでお引き受けいたしましょう」

「左様か！」

悦びかけた秀忠を制するようにして、信十郎はつづけた。

「しかし。家光殿、忠長殿が、恣意に天下を乱し、民人を苦しめるようなことがあらば、そのときはいかにすればよろしいのか」

今度は秀忠が信十郎を制した。

「そのときは、そなたが天下の主となられるがよい」

これには信十郎が愕然として声を失った。その間抜けづらが可笑しかったのか、秀忠はカラカラと声をあげて笑った。

信十郎もなにやら急に心地よくなり、いつになく朗らかに笑った。

「さぁ、呑まれよ」

秀忠が手ずから注いでくれる。二人は夜が白むまで飲み明かした。

二

翌朝。壬生城は濃霧に包まれていた。秀忠の一行は江戸に向かって出立した。

信十郎も旅姿に戻り、街道に向かって歩きはじめた。

道の途中に、小さな塚とお堂があった。信十郎が歩いていくと、お堂の陰から二つの人影が歩み出てきた。

信十郎は足をとめた。一人は旅芸人姿の鬼蜘蛛。もう一人は白い小袖に緋色の袴を着けていた。

鬼蜘蛛がニヤリと笑った。

「それで、わしらはこれからどこに行けばいいんや？」

信十郎は、しかつめらしい表情で答えた。

「越前だ。越前宰相忠直殿の所。宰相殿に戈《ほこ》を収めていただかねばならぬ。放置しておけば天下の大乱となりかねん」

昨夜、夜っぴて秀忠と語り明かした結論がそれだった。

「忙しゅうなるわな。腕が鳴るわい」

信十郎は鬼蜘蛛の前を素通りし、キリの正面に立った。キリは視線を伏せている。

信十郎はキリの両腕を取り、両手を握った。

「そなたも来てくれるか」

キリは目を上げ、信十郎をしっかりと見つめ、それから小さく頷いた。

二人とも、何か言おうとしたが、声が出ない。ただ無言で見つめ合った。

「さぁ、行くでぇ！　わしは行くでぇ！　遅れなさンなよ！」

鬼蜘蛛が大仰に喚きながら走りだしていく。信十郎とキリはクスリと笑って歩きはじめた。

下野国府址から足利、新田の庄を経て中山道に入る。三人の足ならば、三日で越前に達するであろう。

時代小説
二見時代小説文庫

快刀乱麻《かいとうらんま》　天下御免《てんかごめん》の信十郎《しんじゅうろう》1

著者　幡《ばん》　大介《だいすけ》

発行所　株式会社　二見書房
東京都千代田区三崎町二―一八―一一
電話　〇三―三五一五―二三一一［営業］
　　　〇三―三五一五―二三一三［編集］
振替　〇〇一七〇―四―二六三九

印刷　株式会社　堀内印刷所
製本　ナショナル製本協同組合

落丁・乱丁本はお取り替えいたします。
定価は、カバーに表示してあります。

 ISBN978－4－576－08083－3
http://www.futami.co.jp/

快刀乱麻 天下御免の信十郎1

幡 大介［著］

二代将軍秀忠の世、秀吉の遺児にして加藤清正の猶子、波芝信十郎の必殺剣が擾乱の策謀を断つ！雄大な構想、痛快無比！火の国から凄い男が江戸にやってきた！

獅子奮迅 天下御免の信十郎2

幡 大介［著］

将軍秀忠の「御免状」を懐に秀吉の遺児・信十郎は、越前宰相忠直が布陣する関ヶ原に向かった。雄大で痛快な展開に早くも話題沸騰 大型新人の第2弾！

刀光剣影 天下御免の信十郎3

幡 大介［著］

玄界灘、御座船上の激闘。山形五十七万石崩壊を企む伊達忍軍との壮絶な戦い。名門出の素浪人剣士・波芝信十郎が天下大乱の策謀を阻む痛快無比の第3弾！

豪刀一閃 天下御免の信十郎4

幡 大介［著］

三代将軍宣下のため上洛の途についた将軍父子の命を狙う策謀。信十郎は柳生十兵衛らとともに御所忍び八部衆の度重なる襲撃に、豪剣を以って立ち向かう！

神算鬼謀 天下御免の信十郎5

幡 大介［著］

肥後で何かが起こっている。秀吉の遺児にして加藤清正の養子・波芝信十郎らは帰郷。驚天動地の大事件を企むイスパニアの宣教師に挑む！ 痛快無比の第5弾！

斬刃乱舞 天下御免の信十郎6

幡 大介［著］

将軍の弟・忠長に与えられた徳川の〝聖地〟駿河を巡り、尾張、紀伊、将軍の乳母、天下の謀僧・南光坊天海ら徳川家の暗闘が始まった！ 血わき肉躍る第6弾！

空城騒然 天下御免の信十郎7

幡 大介［著］

将軍上洛中の江戸城。将軍の弟・忠長抹殺を策す徳川家内の暗闘が激化。大御台お江与を助けるべく信十郎の妻にして服部半蔵三代目のキリが暗殺者に立ち向かう！

初秋の剣 大江戸定年組

風野真知雄［著］

現役を退いても、人は生きていかねばならない。人生の残り火を燃やす元・同心、旗本、町人の旧友三人組が厄介事解決に乗り出す。市井小説の新境地！

菩薩の船 大江戸定年組2

風野真知雄［著］

体はまだつづく。やり残したことはまだまだある。引退してなお意気軒昂な三人の男を次々と怪事件が待ち受ける。時代小説の実力派が放つ第2弾！

起死の矢 大江戸定年組3

風野真知雄［著］

若いつもりの三人組のひとりが、突然の病で体の自由を失った。意気消沈した友の起死回生と江戸の怪事件解決をめざして、仲間たちの奮闘が始まった。

下郎の月 大江戸定年組4

風野真知雄［著］

隠居したものの三人組の毎日は内に外に多事多難。静かな日々は訪れそうもない。人生の余力を振り絞って難事件にたちむかう男たち。好評第4弾！

金狐の首 大江戸定年組5

風野真知雄［著］

隠居三人組に奇妙な相談を持ちかけてきた女は、大奥の秘密を抱いて宿下がりしてきたのか。女の家を窺う怪しげな影。不気味な疑惑に三人組は…。待望の第5弾

善鬼の面 大江戸定年組6

風野真知雄［著］

能面を被ったまま町を歩くときも取らないという小間物屋の若旦那。その面は、「善鬼の面」という逸品らしい。奇妙な行動の理由を探りはじめた隠居三人組は…

神奥《しんおう》の山 大江戸定年組7

風野真知雄［著］

隠居した旧友三人組の「よろず相談」には、いまだ解けぬ謎があった。岡っ引きの鮫蔵を刺したのは誰か？その謎に意外な男が浮かんだ。シリーズ第7弾！